Texto de acordo com as normas do novo acordo ortográfico da língua portuguesa (Decreto Legislativo Nº54 de 1995).

Editora – Catia Mourão
Capa – Joice Dias
Diagramação – Catia Mourão
Revisão – Halice FRS
Ilustração: Park Viki e Giulia Wille

CIP-BRASIL. CATALOGAÇÃO NA PUBLICAÇÃO
SINDICATO NACIONAL DOS EDITORES DE LIVROS, RJ

S138e

Sahad, Maeve
A esposa roubada / Maeve Sahad. - 1. ed. - Rio de Janeiro : Ler, 2023.
176 p. ; 16 cm. (Casamentos (im)perfeitos ; 1)

ISBN 978-65-5055-050-9

1. Romance brasileiro. 2. Literatura erótica brasileira. I. Título. II. Série.

23-85841 CDD: 869.3
CDU: 83-31(81)

Gabriela Faray Ferreira Lopes - Bibliotecária - CRB-7/6643
27/08/2023 30/08/2023

Foi feito o depósito legal.
Direitos de edição:

Ler Editorial

A ESPOSA *roubada*

CASAMENTOS (IM)PERFEITOS LIVRO 1

MAEVE SAHAD

1ª edição
Rio de Janeiro – Brasil

SUMÁRIO

NOTA DA AUTORA

A série Casamentos (Im)perfeitos surgiu principalmente a partir de alguns personagens que ganharam vida na minha cabeça. A princípio, tinha tudo para ser algo leve, quente e romântico, mas como o esperado, algumas vozes na minha cabeça sempre falam mais alto que outras e no fim, se tornou algo maior.

Não falaremos apenas sobre amor. Nesta série também descobriremos um pouco mais sobre lealdade, amizade, recomeços e diversos outros sentimentos que acabaremos descobrindo junto deles: *Anthony Cahill, Zade King e Dallas Montgomery III.*

- *O livro 1 nos introduz um pouco ao mistério que rege em torno de um trio de amigos leais e dispostos a tudo um pelo outro. Espero que, assim como eu, se apaixonem por eles.*

Observações: *Falls Prine* é uma cidade fictícia. Para criá-la, busquei combinar elementos familiares com toques específicos para que ficasse marcado na memória. Veremos e descobriremos muito mais sobre ela ao longo da série.

@autoramaeve

ALERTA DE GATILHOS

Caro leitor,

Antes de mergulhar nas páginas deste livro, gostaria de compartilhar um aviso importante. A ESPOSA ROUBADA possuí conteúdo que pode ser sensível para algumas pessoas.

Se cenas que retratam relacionamento abusivo, abuso físico e psicológico, violência física, mental e sexual incomodam essa leitura talvez não seja para você.

Minha intenção ao incluir esses temas não é causar desconforto, sim, abordar questões relevantes ao desenvolvimento da jornada de cada personagem dentro da história.

Peço, por favor, que se esse tipo de conteúdo cause algum incômodo, não continue a partir daqui.

Também vale lembrar que além do conteúdo citado acima, essa é uma história recomendada para maiores de 18 anos, por conter cenas de sexo explícito, violência e palavras de baixo calão.

Com carinho,

Maeve

Para aqueles que não desistem depois de uma queda,
seu paraíso pode estar no fim da estrada. Siga em frente!

Assim como o girassol algumas pessoas se curvam diante da escuridão, mas basta uma pequena fresta de luz para que voltem a se levantar e florescer.

PLAYLIST

1. *Fake ID — Big andRich*
2. *AwakeMy Soul — Mumford& Sons*
3. *A ThousendYears — Christina Perri*
4. *Behind Blue Eyes — LimpBizkit*
5. *OneNumberAway — Luke Combs*

Para ouvir a playlist de *A ESPOSA ROUBADA* no *Spotify*, abra o app no seu celular, selecione "buscar", clique na câmera e posicione sobre o QR *Code* abaixo:

DIGITAL ART BY
PARK
VIKI

PRÓLOGO

Angelina

Presente
Em algum lugar...

A ESCURIDÃO

Dizem que antes de você morrer, sua vida passa diante dos seus olhos como uma espécie de montagem com todos os grandes momentos que viveu, sejam eles bons ou ruins, os motivos de seus risos ou a causa de suas lágrimas. Imaginamos encontrar um tipo de compilado, marcando toda a nossa trajetória e evidenciando o que ficará para trás.

Foi o que eu esperei que acontecesse quando senti o baque.

Um barulho ensurdecedor vibrou em meus tímpanos e o mundo começou a girar ao meu redor de repente.

Eu não sabia mais onde estava, não sabia por que meu coração batia tão forte e apavorado ou por que estava com tanta pressa. Naquele milissegundo em que tudo ao meu redor colidiu, minha mente virou uma completa confusão.

Ao invés das lembranças, tudo que recebi foi a escuridão.

No lugar das imagens da minha vida, um vazio sombrio em conjunto com uma redoma de gelo me envolveu, abraçando-me numa prisão da qual eu não tinha como sair.

Se esse era o caminho da morte, alguma coisa parecia terrivelmente errada.

Um murmúrio bagunçado de vozes ao longe zumbia em minha cabeça, mas as palavras se perdiam cada vez que eu tentava compreendê-las, girando dentro de mim como uma violenta tempestade, torcendo-me para dentro e para fora da consciência.

É estranho ouvir sussurros quando o caos persiste na atmosfera.

Uma pitada de desespero pairava no ar, engrossando o medo em meu coração. Luzes piscaram do outro lado das minhas pálpebras e eu sabia que precisava pedir socorro. Implorar por alguém. Eu não queria morrer sozinha.

Esforcei-me para me lembrar de um nome, lutei para construir uma palavra que fosse em minha boca, mas nada veio à tona. Por quem eu deveria chamar? Quem poderia estar comigo neste momento?

A sensação de perda e vazio tomou conta de mim ainda mais como se as memórias da minha vida estivessem escorrendo por entre meus dedos.

Mais vozes me sacudiram do outro lado, todas elas incompreensíveis, exceto uma, que badalou em meu cérebro como uma sinfonia.

— Qual o nome dela?

Qual.. é... o... meu... nome?

Fiz uma busca frenética, confusa e desesperada e tudo permaneceu em branco.

Eu não sabia de nada.

Um silêncio apavorante enchia meus ouvidos. Tudo ao meu redor era frio, escuro e tão solitário que me sufocava.

Se este era o fim ou começo, eu não sabia dizer.

A única coisa que tomava conta de mim no momento era o desejo de sair deste lugar.

Fiz uma tentativa de abrir meus olhos, mas as batidas repetidas em minha têmpora aumentavam cada vez que meus cílios tremulavam. A pouca força que eu tinha se desvaneceu. A exaustão me consumia, assim como o ar abafado que impregnava minha pele.

Por muito tempo encontrei-me naquele limbo entre a escuridão e a luz, lutando para encontrar uma saída, uma resposta para o que estava acontecendo.

Minha mente era um turbilhão de perguntas sem respostas, de sensações confusas que eu não conseguia compreender.

— Acorde! Por favor, acorde! — Uma voz rouca e enfeitada por um barítono profundo me chamava parecendo tão desesperada e triste.

Eu a ouvi mais de uma vez e desejei despertar para encontrar seu dono em todas elas.

Com dor extrema e um esforço que me fez suar frio, consegui abrir os olhos e vislumbrar um teto branco acima de mim. Sons estridentes perfuraram meus ouvidos e agravaram ainda mais a dor que instantaneamente latejou em minha cabeça.

Um bip-bip irritante martelava e martelava me arrancando daquele abismo escuro para uma realidade tão desconfortável quanto.

Meu corpo doía. Eu me sentia grogue, sem foco, e sabia que mesmo longe da escuridão, minha realidade ainda não era boa. O medo restringiu meus movimentos como se fosse um maremoto ameaçando me afogar, mas eu tinha que emergir.

Lutando para engolir o nó que se formou em minha garganta e sentindo a secura em minha boca, virei meu pescoço para ver os aparelhos e fios ligados a mim, todos funcionando.

O que aconteceu comigo? Busquei em minha memória, recebendo apenas cenas desconexas. *Nada fazia sentido.*

Puxei algumas respirações, quando comecei a sentir as batidas em meu peito aumentando de pressa.

Lentamente, meus olhos se moveram para observar ao meu redor, e pude perceber que o quarto em que me encontrava era asséptico e impessoal, típico de um ambiente hospitalar. O ar gelado contribuía para a sensação de estranheza mesmo que meu corpo se sentisse quente e cansado. Os fios dos equipamentos médicos se entrelaçam ao redor da cama, conectando-se a mim como se fossem laços que me mantinham ligada àquele mundo desconhecido.

Foi só então que notei a figura do homem misterioso que se encontrava ao meu lado. Seus cabelos negros e selvagens caíam desalinhados sobre sua testa, destacando ainda mais seu olhar penetrante que parecia esconder segredos profundos. Sua postura era imponente, como se emanasse uma aura de mistério e força. Os braços fortes contrastavam com a camisa branca que ele usava, dobrada até os cotovelos, o tecido enrugado como se ele não tivesse saído daqui por um bom tempo.

Meu coração acelerou, e a apreensão tomou conta de mim ao encará-lo. Minha mente estava repleta de perguntas, mas a exaustão e a fragilidade física me impediam de articular as palavras com clareza.

A única coisa que consegui, foi questionar com uma voz vacilante e fraca:

— Q-quem é você?

O homem curvou os lábios em um sorriso.

— Seu marido.

CAPÍTULO 1

Angelina

Antes
Washington D.C.

FIM DO CAMINHO. É HORA DE PULAR

Você já teve a sensação, em algum momento da sua vida, de que suas escolhas te levaram direto para a beira do precipício? Como se lá no fundo, o fim da estrada — justamente aquela que você acreditava ter o pote de ouro no final do arco-íris - na verdade, fosse a margem do abismo?

Uma imensidão de nada. O exato fim do caminho.

Se sua resposta é não, fico feliz em dizer, você é uma pessoa de sorte.

— Droga... — Bato as mãos sobre o volante puxando uma respiração forte, numa vã tentativa de me acalmar.

Ainda não acabou, Angel. Você ainda tem uma chance.

Uma pequena parte escondida na minha cabeça repete de forma feroz, interrompendo o nervosismo e a melancolia. A esperança impregnada em algum mísero pedaço de mim parece tão forte e vívida, que quase posso ouvir as palavras.

Lágrimas de medo acumuladas em meus olhos ameaçam cair, como se os sintomas do desespero e cansaço tentassem me dominar. Balançando a cabeça, expulso essa onda nebulosa para me apegar apenas ao que verdadeiramente importa.

Afundando o pé no acelerador, ouço os pneus do carro velho que aluguei ao lado de um hotel à beira da estrada que passei a noite, chiando no asfalto, e esse som segura um pouco mais as cordas que mantém a minha mente sã e alerta. Cada número rodado no ponteiro do painel me colocava um pouco mais longe *dele.*

Nervosa, olho pela milionésima vez pelo retrovisor, para ter certeza de que não estou sendo seguida e mantenho minha atenção dividida entre minhas costas e a estrada. Mesmo depois de fugir daquela casa, não me sinto segura. Na verdade, acho que segurança é um sentimento que nunca mais existirá em minha vida.

Ainda que eu saiba que não havia outra escolha, que *esta* foi a única brecha que tive para me livrar do meu monstro pessoal, todo meu plano tem falhas. E é isso que mais me apavora.

Ameaçar um homem poderoso como Dawson Voight, colocar sua carreira e seu império em risco, fugir dele... Tudo que fiz, me deixa vulnerável de uma maneira que nunca estive antes. Se alguma coisa der errado, e ele colocar as mãos em mim de novo, *está acabado.*

Eu estou literalmente, a um passo em falso do meu fim ou a um pulo do meu paraíso. Tudo ou nada.

Não há outro caminho.

Olho para a placa no acostamento e meu coração vibra. Menos de cinquenta milhas para sair da cidade.

O poder de Dawson não está limitado a um único lugar, mas quanto mais longe estiver, mais fácil será. Essa é minha única esperança.

Minha liberdade em troca de sua sujeira.

Assim que chegasse a Baltimore, as coisas seriam mais fáceis. Eu poderia parar e pensar, criar um plano decente.

Abrigada pelo silêncio e assombrada por minhas divagações, dirigi por mais meia hora até que uma sirene surgiu atrás de mim.

Minhas mãos começaram a suar imediatamente. Meus olhos procuraram por uma saída, um pequeno desvio que me tirasse desse inferno, mas não havia nada.

Diminui a velocidade, parei no acostamento e abaixei o vidro quando o policial veio para o meu lado.

— Documento, por favor! — disse em uma voz fria, fazendo meus ossos tremerem.

Peguei a minha licença de motorista do porta luvas e o entreguei.

— Algum problema, senhor?

— Angelina Voight — o homem uniformizado murmurou, olhando para o cartão em suas mãos e então, levantou a cabeça para encontrar meus olhos. — Pode descer do carro, senhora?

— Por quê? Existe algum problema? — repeti, tentando me manter calma.

Não entre em pânico. Não demonstre fraqueza. Não tenha medo. Repeti o mesmo mantra que tenho usado como remédio nos últimos anos.

Com a expressão em branco, os olhos frios do homem da lei apenas me fitaram emitindo uma ordem silenciosa que eu entendi perfeitamente.

Fim do caminho Angelina, é hora de pular.

Fui conduzida para a viatura, sem uma palavra ou explicação, e colocada no banco de trás.

Meu corpo ficou em órbita durante todos os minutos que seguiram. Esperei, totalmente intoxicada pelo vazio até um carro luxuoso parar atrás do meu e o homem loiro, engravatado, com uma expressão que eu conhecia muito bem aparecer.

Dawson abriu a porta ao meu lado e me encarou com um sorriso triunfante.

— *Vai a algum lugar sem mim, querida esposa?*

CAPÍTULO 2

Angelina

Oito anos antes...
Falls Prince – população 2956

PROMESSA INESQUECÍVEL

Quando entro no enorme pátio aos fundos do Loney's no cair da noite, tudo que existe em meu peito é uma mistura de frustração e raiva.

Sinto uma onda de calor percorrer meu corpo ao atravessar a porta de madeira do antigo bar. Uma mistura refrescante de determinação e rebeldia me envolve quando a sola das minhas botas toca o chão de terra batida, vibrando em sintonia com a música ao redor.

Hoje é o dia do meu aniversário de dezenove anos. Um dia que tinha tudo para ser especial, mas lentamente foi se transformando em um completo pesadelo.

Eu havia sonhado com a chegada desta data por um ano inteiro, planejado e criado mil cenários diferentes na minha cabeça desde o ano passado, quando recebi o melhor presente da minha vida e uma promessa que guardei fundo no meu coração. Estava confiante que tudo daria certo até as fantasias idiotas em minha cabeça irem por água abaixo.

— Idiota, idiota, idiota! Um milhão de vezes idiota, Angelina — discuto comigo mesma, ainda pensando se sair de casa foi uma boa ideia quando a melhor opção era me enterrar debaixo das minhas cobertas e ignorar a existência do mundo por uns cinco dias.

Pela última vez, antes de dar mais um passo a frente, pego meu celular e olho para a tela em branco.

Nenhuma mensagem. Nenhuma ligação.

Balançando a cabeça, guardo-o novamente, solto um suspiro e continuo. Passo pelo pequeno caminho decorado com girassóis no canto esquerdo do pátio, aquele que nos conduz para a beira do *Lago Caddo* onde está o balanço de madeira velha em que tudo aconteceu.

Tento impedir as lembranças que me atacam sem permissão, mas a força delas é incomparável. Num piscar de olhos, sou inundada pelas imagens de Anthony sentado no balanço, nossos corpos colados um ao outro, seu olhar faminto...

Argh! Esqueça isso, Angel. Ele está na faculdade a dois mil quilômetros de distância. Esqueça.

Volto minha atenção à festa percorrendo os olhos pelo campo aberto iluminado por inúmeras lâmpadas pequenas que foram penduradas por cordas no alto em zig e zag, e noto que provavelmente todos os habitantes de Falls Prince estão aqui.

A típica noite da fogueira que Big Loney, o dono do principal bar de nossa pequena cidade promove ao fim de cada primavera, quando os girassóis dos nossos famosos campos entram em sua fase mais bonita, é uma das mais aguardadas por todos.

Ainda que uma grande tragédia alguns anos atrás, — um gigantesco incêndio na fazenda King, responsável pelo cultivo das flores —, quase tivesse acabado com tudo, era gratificante saber que de alguma forma ainda fôssemos capazes de nos divertir. Mesmo com a tristeza que a catástrofe trazia aos nossos corações cada vez que era lembrada.

Esperar por esse dia já havia se tornado um hábito para a maioria dos moradores, como se precisássemos de algum tipo de renovação a cada ano.

O aroma de churrasco e torta de maçã paira no ar, misturando-se com o cheiro de couro e feno. Mesmo de longe, posso ver as chamas da fogueira crepitando e sentir a alegria contagiante dos moradores.

Apego-me a um pouco disso, como se a emoção que vibra através de todos pudesse me contagiar de alguma forma.

— Feliz aniversário! — um grito me pega de surpresa de repente.

Sinto meu corpo quase ser levado abaixo quando braços finos me agarraram pelo pescoço em um abraço animado e uma bagunça de cabelos escuros me puxou com força, quase cortando a respiração da minha garganta.

Maddison, ou melhor, Maddie, minha melhor amiga louca, pula na minha frente e joga seu corpo de 1,50m em cima do meu, obrigando-me a lutar para nos equilibrar.

— Obrigada! — Eu a abraço de volta tirando seus pés no chão e agradeço, fingindo que ela não me parabenizou outras seis vezes só hoje. — Obrigada! Obrigada!

— Eu te amo, você sabe disso, certo?

— Claro que você me ama, eu sou a única capaz de te aturar — zombo, revirando os olhos.

Ela bufa.

— Falando desse jeito você até parece o idiota do meu irmão.

Meu coração engasga no mesmo instante com a menção dele e meu semblante fica sombrio. Os olhos âmbar de Maddison me avaliam com pesar e ela deixa escapar um suspiro.

— Desculpe, não vamos pensar naquele idiota hoje, ok? Esta é a sua noite.

Dou um aceno fraco, incapaz de dizer qualquer coisa, e Maddie agarra minha mão, puxando-me pelo pátio sem dizer uma palavra. As botas de couro que mamãe me deu de presente pela manhã arrastam-se pelo chão, e a música ao nosso redor fica cada vez mais alta à medida que adentramos a multidão.

As batidas de "*Fake ID*", de *Big and Rich,* começam a tocar quando finalmente conseguimos chegar ao centro, próximo ao palco de madeira improvisado, e os gritos aumentam. Essa música é um clássico nas festas de Falls Prince, e a única coisa que não se pode fazer é ficar parado.

— Vem, vamos dançar lá na frente! — Maddie sugere contagiada por sua animação habitual, ainda segurando minha mão, e eu olho na direção das pessoas se agrupando para dançar juntas.

— Eu vou buscar uma bebida e te encontro lá, tudo bem?

Antes que ela possa protestar, um grupo de meninas da nossa antiga escola passa por nós e a carrega para frente onde a maioria já está batendo os pés ao som da melodia. O barulho das botas chocando-se contra o chão elevam as batidas em meu coração.

Quando me viro e olho para um dos cantos do bar, encontro Zade King e Dallas Montgomery III, os melhores amigos de Anthony, observando a mim e a Maddie de longe, como dois cachorros mandados.

Zade, em toda sua glória de músculos e cara fechada, levanta suavemente o chapéu de cowboy que está usando em um aceno silencioso, sem um mínimo tremor diante do meu olhar mortal e Dallas emite seu típico sorriso de bom moço, com um leve encolher de ombros, quase envergonhado.

Conheço Maddison desde que me entendo por gente. Praticamente crescemos juntas e somos cúmplices uma da outra para qualquer coisa.

O mesmo caso acontece com o trio inseparável. Anthony, Zade e Dallas funcionam como uma unidade inseparável desde que nasceram e vê-los aqui hoje só aumenta minha raiva ainda mais.

Anthony não podia estar aqui, mas garantiu que seus seguranças viessem para me vigiar?

Ótimo. Simplesmente maravilhoso.

Batendo os pés com força no chão, cruzo uma linha reta na direção oposta de onde eles estão e assim que chego ao balcão peço uma dose de tequila. Legalmente, ainda não tenho idade para ingerir bebidas alcoólicas, mas a nota de cinco dólares que deslizo nas mãos do jovem garçom ajuda a receber o que preciso.

O álcool queima em minha garganta de uma única vez e fecho os olhos por alguns segundos, tentando me esquecer de tudo. Fico sozinha ali por alguns instantes, ignorando o mundo ao redor até sentir uma presença ao meu lado.

Mantenho meus olhos fechados, com medo de abrir e me deparar com aqueles olhos escuros que desejei encontrar o dia inteiro, até que uma voz que, definitivamente não pertencia a aquele que eu gostaria, me importunar.

— Ei, loirinha, sozinha por aqui?!

Ainda que relutante, sou obrigada a abrir os olhos. Despreocupado, o garoto de cabelos loiros que caíam sobre seus olhos, se acomoda ao meu lado e quase invade meu espaço pessoal colocando seu rosto muito perto do meu.

— O que você quer, Jake? — pergunto, afastando-me um pouco para colocar alguma distância entre nós.

O canto de sua boca arqueia no que me parece mais uma expressão de deboche do que um sorriso e tenho que engolir algumas vezes, evitando pensar em nosso tempo de escola, quando o maior prazer de Jackson Moore era me perturbar.

O olhar, até então fixo nos meus desliza para baixo, caindo sobre meu decote e a sensação que tenho é pura repugnância.

— Irmão, pode mandar mais uma dose! — grita, empurrando algumas notas para o garçom que rapidamente, coloca mais um copo de tequila na minha frente — Por minha conta, loirinha.

Inclina-se, dizendo as palavras bem perto do meu ouvido, o que me faz dar mais um passo para trás.

— Não quero sua bebida, Jake. Muito obrigada!

Empurrando o copo para longe, olho sobre sua cabeça procurando em meio à multidão o ponto onde me separei de Maddie. Encontrando a direção, afasto-me para sair e sou interrompida.

— Tem alguma coisa contra se divertir, Angel?

Meus olhos estreitam focando fixamente o aperto de sua mão segurando um dos meus braços.

— Me divertir? — repito, levantando meu olhar para encontrar seu rosto — Não. Só tenho algo contra babacas inconvenientes como você.

Exibindo os dentes em um sorriso frio sua expressão escurece.

Puxo meu braço, junto de um grunhido:

— Me solte.

— E se eu não fizer?

— Vou chutar as suas bolas com tanta força que te farei chorar como um porco por um mês.

Jake gargalha, jogando sua cabeça para trás.

— Aí está, essa é a caipira selvagem que eu adorava brincar de esconde-esconde na escola. Que tal repetirmos a dose? Você foge, e eu te caço.

— Sinceramente, Jake? Não estou a fim das suas idiotices hoje, me solte antes que arrume um problema.

Seus dedos apertaram um pouco mais, ao invés de me deixar ir e seu corpo se inclina em direção ao meu.

Minha paciência hoje estava literalmente por um fio, a última coisa que eu queria era me irritar com este idiota que nem merecia, mas sem pensar duas vezes, minha mão se fecha em punho e o acerto direto no queixo.

— Eu disse para me soltar!

Seus olhos arregalam com choque ao mesmo tempo em que seu corpo dá um passo trôpego para trás com a força do meu golpe.

As aulas de autodefesa que Anthony, Zade e Dallas nos obrigaram a fazer logo que eu e Maddie entramos no ensino médio serviram de alguma coisa. Maddie se tornou craque em chutes nas bolas, eu era excelente em ganchos de direita.

Enquanto massageava o lado do rosto em que o acertei a raiva inundava seu semblante. Sua pele clara ficando lentamente vermelha, os olhos vidrados em minha direção.

Jake era um dos quarterbacks da nossa turma, tinha ombros largos e era alto como um poste, nem mesmo meu apelido de vara pau por ser uma das garotas mais altas da turma seria páreo para brigar com um cara como aquele, ainda assim permaneci firme.

Como diria Maddie, dê um boi para não entrar numa briga, e uma boiada para não sair dela.

— Sua filha da p...

Fechei minhas mãos, pronta para brigar, até uma sombra passar na minha frente como um raio empurrando o corpo de Jake contra o bar, segurando-o pelo pescoço como uma galinha.

— Toque a mão nela e eu juro que você nunca mais será capaz de usar o seu braço porque o arrancarei fora de seu corpo e o farei engolir, Jackson.

Pisquei para o som daquela voz, e senti as palavras sumirem da ponta da minha língua.

Os ombros largos e o desenho de suas costas foram as primeiras coisas que meus olhos conseguiram ver. Vestindo uma camisa jeans dobrada até os cotovelos que se ajustava aos músculos em seus braços e exibiam as veias saltadas evidenciando sua raiva, ele empurrou o corpo de Jake com mais força para trás, como se ele não pesasse mais que uma pena, e sussurrou algo baixo em seu ouvido. Não fui capaz de entender devido à música alta.

Com a barba por fazer, mandíbula afiada e os olhos tão escuros quanto a noite completamente enfurecidos eu quase perdi o fôlego diante daquela visão.

Minha respiração escapou devagar, minhas pernas tremeram e o frio de nervosismo que senti em minha espinha quase me levou abaixo ao vê-lo aqui.

Ele realmente veio.

— *Anthony.*

CAPÍTULO 3

Anthony

"Eu soube desde o dia em que a beijei pela primeira vez que aquele seria o maior erro da minha vida."

— Estou me sentindo bem, de verdade — assegurei tentando dissipar a preocupação que estampava seu rosto.

— Não deveria ter se metido nisso — disse ela, com a voz levemente carregada.

Notando o tremor de nervosismo em suas mãos, segurei um de seus pulsos suavemente e trouxe sua mão para os lábios, depositando um beijo suave contra sua palma.

Um leve arrepio percorreu seu corpo com meu gesto, os olhos azuis brilharam através da escuridão e eu senti cada mísera coisinha, direto... *no meu pau.*

Porra.

Mesmo com os cachos loiros levemente bagunçados e selvagens, um rastro de lágrimas escorrendo por sua bochecha junto de sua maquiagem, os olhos oceânicos vidrados e a ponta de seu nariz arrebitado levemente vermelha, Angelina ainda era a visão mais bonita do mundo para mim.

— Estou bem — falei novamente, sabendo que ela precisava escutar mais algumas vezes, só para ter certeza.

— Você poderia ter se machucado feio.

Ela pressionou o pedaço de tecido que havia rasgado da barra de seu vestido no meio da confusão contra o ferimento em minha têmpora e deixou escapar o ar preso em sua garganta por entre os lábios rosados.

Jake, aquele filho da puta, achou uma ótima ideia jogar uma garrafa de vidro em minha cabeça, quando percebeu que não tinha chance. Se as pessoas ao redor não tivessem entrado no meio para nos separar, eu o teria mandado para casa com mais do que um olho roxo e nariz quebrado.

Não era assim que esta noite deveria acontecer, eu tinha tudo planejado.

Passo número um: surpreendê-la.

Passo número dois: tentar não ser morto por fingir que não viria no seu aniversário.

Passo número três: dizer tudo que estava guardando desde aquela noite no ano passado.

Nossos olhos se encontraram por alguns segundos, mil perguntas rondando entre nós com apenas o silêncio respondendo a todas elas. Seu olhar desviou do meu como se não pudesse segurá-lo e o aperto de sua mão sobre minha pele aumentou um pouco mais me fazendo estremecer.

— Preferia que eu deixasse aquele babaca ir para cima de você? — replico, franzindo o cenho.

Ela deu de ombros.

— Eu daria um jeito nele — resmunga com sua voz irritada contrastando com o belo biquinho em sua boca.

Seu jeitinho fofo me faz rir.

Medo era uma coisa que essa garota definitivamente não sentia. Ela e Maddison, minha irmã mais nova, conseguiam se meter em trezentas confusões, se quisessem, em questão de minutos e não fugiam quando a merda estourava. Isso me deixava louco quando elas eram mais novas.

Agora, que estou vivendo a mais de dois mil quilômetros de distância em Nova York, é ainda pior. A qualquer momento, era perigoso que uma de suas aventuras me causasse um ataque cardíaco.

— Claro que sim, briguenta.

Seus olhos reviraram com ironia.

— Você não tem moral nenhuma para falar sobre isso, ok? — retrucou, com um sorriso no rosto.

Era verdade. Sempre fui conhecido por ser alguém de temperamento explosivo. Paciência nunca foi o meu forte. Pensar antes de agir? Menos ainda.

Sou explosivo por natureza. No ensino médio, meus amigos me chamavam de galo de briga e não era atoa, se uma confusão aparecesse em meu caminho, dificilmente recuava.

No entanto, hoje não foi apenas a minha impulsividade que me fez agir como um touro furioso diante daquele babaca. Ver Angel sendo alvo da raiva de alguém me deixou completamente cego.

Inferno. Tudo se incendiou no momento em que meus olhos encontraram Jackson com as mãos sobre ela.

Para mim, ainda era louco demais pensar no quanto as coisas mudaram de repente.

Eu nem me lembro bem de quando aconteceu.

Em um dia, Angelina era a pirralha chata, melhor amiga da minha irmãzinha, no outro havia uma mulher crescida e sensual bem diante dos meus olhos.

Uma tentação do caralho que eu tentei, *muito*, resistir. Mas desde o dia em que decidi me render a aquele pecado, não havia mais o que se pudesse fazer.

Eu soube desde o dia em que a beijei pela primeira vez, que aquele seria o maior erro da minha vida. Ainda assim, estava disposto a suportar qualquer uma das consequências.

Relutei por muito tempo até aceitar, mas desde o minuto em que fiz, a ideia nunca mais mudou em minha cabeça.

Aquela garota era meu maldito sol. Seu senso de humor, a beleza natural, o olhar profundo cheio de paixão. Certamente alguém diria que éramos muito novos para nos apaixonar dessa maneira, afinal, ela acaba de fazer dezenove e eu tenho apenas vinte e três, porém se aquela história de que existe um amor para nós durante a vida for verdade, não tenho dúvidas de que o meu é ela e vice e versa.

Aquele olhar deslumbrante procura meu rosto através das sombras da noite. Estávamos parados contra o capo da minha caminhonete, no estacionamento traseiro do bar que ainda estava lotado. Do lado de fora, podíamos escutar os gritos alegres e o som alto tocando country raiz.

— Você realmente veio por mim?

— Eu te fiz uma promessa, raio de sol. Prometi que faria seu aniversário sempre uma data especial. Estou aqui por você.

Um rubor aparece em suas bochechas, revelando a onda de pensamentos safados em sua cabeça, e tenho que morder o lado interno da minha boca para me impedir de gemer.

Muitos beijos aconteceram depois do primeiro, outras brincadeiras também, porém, nada além disso. A distância nos separou por algum tempo depois daquela noite. Os milhões de motivos que existiam para que não estivéssemos juntos também, mas nada poderia impedir o que cresceu entre nós.

Cada feriado que tive, nas férias ou segundo de tempo livre, eu quis estar com ela e ficaria satisfeito com o que ela quisesse me dar, mesmo que levássemos mais tempo para avançar as coisas, ainda mais sabendo que Angel ainda era virgem.

No entanto, a pirralha sabia como provocar um homem e obrigá-lo a dirigir por dois dias seguidos.

Ela me pediu algo especial de aniversário, e como o idiota apaixonado que sou, é óbvio que eu daria.

— E o que você tem em mente para hoje?

Reprimi um sorriso apenas olhando para seu rosto bonito e travesso. Com a ponta dos dedos, dedilhei as sardinhas que pintavam sua bochecha, satisfeito quando ela fechou os olhos e se inclinou um pouco mais contra meu toque.

— Você confia em mim?

— Humm... Sim?

— Sim, ou "hum"? — Arqueei a sobrancelha, afastando seu aperto do meu ferimento que finalmente parou de sangrar.

— Sim! — respondeu novamente, agora com mais firmeza.

Satisfeito, puxo-a para perto e tomo sua boca em um contato trêmulo e ansioso. Nosso toque floresce em uma corrente eletrizante de calor através do meu corpo. Há uma fome nela que combina com a minha, uma urgência expectante que colapsa o ar entre nós.

Meu beijo é feroz e doloroso, a pressão do meu corpo a encurralando contra o metal frio carro não tem piedade. Suas unhas se arrastam pelo meu abdômen, infestadas de urgência e meus dentes arranham a pele sensível de seu pescoço.

— Vamos sair daqui — ela fala, ofegante, quando coloco minha testa contra a sua, buscando por ar.

— Com certeza vamos.

Antes que eu me esqueça de tudo e a foda ali mesmo, a vista de todos.

O céu noturno iluminado pelas estrelas eram as únicas luzes em nosso caminho. Pegando a estrada que cortava o meio da cidade e levava ao sul do Texas em direção a Oklahoma, dirigi pelo asfalto cruzando o trajeto que até então apenas eu, Zade e Dallas conhecíamos para chegar ao campo de girassóis da fazenda King.

Quando localizei a entrada que levava a uma rota de terra, já conseguia enxergar a sombra das flores no pico da colina enquanto subíamos em direção à cabana.

Zade construiu a pequena casa de madeira quando éramos adolescentes. Tratava-se de um cômodo único, rústico por dentro, decorado com móveis velhos e brutos que combinavam com o senso de decoração de três jovens xucros. Tornou-se uma espécie de refúgio para nós, muito melhor que a casa da árvore que desejávamos quando crianças.

O incêndio que aconteceu na fazenda alguns anos atrás, quase conseguiu destruir a construção.

Uma noite que se eu pudesse, *apagaria* da minha mente por completo.

Para falar a verdade, é realmente o que vou fazer, fingir que nada daquilo existiu. A cabana ainda estava lá e meus pensamentos estão focados em apenas uma coisa: *Angelina.*

— Onde estamos indo? — Angel pergunta, com os olhos brilhando cheios de curiosidade.

Desviando a atenção do caminho, olho para seu rosto procurando algum vestígio de tensão, no entanto, só havia uma vibrante expectativa.

— Você vai ver.

Segui por mais alguns minutos enquanto no som do carro escutávamos *"Awakemy soul"*, dos Mumford & Sons. Passando o portão de madeira, percorri o caminho de cascalho e estacionei em frente a cabana.

— Que lugar é este? — Curiosa, ela desceu do carro e caminhou até a parte da frente, onde uma única lâmpada iluminava acima da porta.

Em silêncio, peguei a chave em meu bolso, destranquei e abri.

— Oh, meu Deus... Meu Deus! — Com os olhos arregalados, ela viu o ambiente aconchegante do lado de dentro, limpo e decorado.

No canto ao lado da janela, estava uma mesa redonda com duas cadeiras, um vaso de flores com girassóis amarelos, do jeito que ela gostava e um candelabro que eu acenderia em breve. Mais para dentro, um sofá encostado contra parede e uma cama de madeira com cabeceira alta.

Junto dela, explorei o lugar, satisfeito por saber que meu esforço valeu a pena diante da felicidade em sua expressão.

Caminhando até a cama, forrada com lençóis claros, ela se sentou e pegou a pequena caixinha que deixei sobre o colchão quando saí.

— Anthony, você pensou em tudo.

Fingindo estar ofendido, cruzei os braços sobre o peito.

— Esperava menos de mim, Angelina?

Sua risada tranquila atravessou o lugar e os olhos, que eu tanto amava, voltaram-se para a caixa em suas mãos.

— Posso abrir? — perguntou.

— Deve.

Angel abre a embalagem e se depara com o pingente prateado em formato de sol. Pegando entre seus dedos, ela encontra a fenda que existia no meio da joia e permitia que se abrisse para revelar um girassol escondido.

— É tão lindo.

— Assim como você, raio de sol — digo calmamente, aproximando-me dela em passos lentos. Chegando por trás, envolvo meus braços em torno de sua cintura e inalo o cheiro delicioso de seus cabelos. É doce, assim igual a ela. — Eu te amo!

Sinto seu corpo ficar tenso e por alguns segundos, o silêncio me assombra. Muito apressado em dizer a verdade? *Inferno.*

Virando-se para ficarmos frente a frente, vejo a surpresa misturada a emoção em seu olhar.

— V-ocê... Isso é... Anthony...

— A verdade, Angel. Muito antes daquele beijo no balanço, minha cabeça já não conseguia parar de pensar em você. Eu te amo, raio de sol.

— Eu te amo! — ela responde, sua voz embargada.

Com a mão firme em sua nuca, me aproximo e devoro sua boca mais uma vez.

Nosso beijo é longo e profundo. Expressando tudo que acabei de dizer.

Pelo menos de início.

De repente, sua língua busca pela minha em uma carícia sensual, e sinto suas mãos deslizando por meu pescoço, emaranhado meu cabelo e puxando-o para demonstrar a necessidade que desperta meu pau e o deixa gritando por atenção.

É um esforço do caralho que tenho que fazer para me lembrar de não ir com tanta sede ao pote como uma besta faminta.

Quando nos afastamos, ofegantes, eu busco em meu cérebro alguma desculpa que faça sentido para omitir o meu desespero.

— Deixei alguma coisa na geladeira para comermos. Podemos assistir um filme ou... — *Assistir filme onde, gênio?* Penso, lembrando-me que o máximo de tecnologia que temos aqui é a eletricidade, nada mais.

— Esqueça a maldita comida, Anthony. — Puxando o tecido da minha camisa, ela me ataca transformando minha mente em gelatina.

Minha sanidade completamente pisoteada.

— Caralho. Senti tanto a sua falta. — A admissão escapou de mim estrangulada, como se fosse arrancada do meu peito sem que eu pudesse mantê-la por um segundo a mais.

— Eu senti mais.

— É mesmo? — provoco, traçando um caminho de beijos em seu pescoço que descem para o colo.

O gosto dela é magnífico.

Minha garota pura e selvagem como a terra ao nosso redor.

Meu pau lateja, lutando contra meu jeans, mas mantenho minha atenção nela. Os dedos trabalhando ao longo da bainha de seu vestido até puxar o tecido sobre sua cabeça.

No momento em que ela fica de calcinha e sutiã na minha frente, quase sinto minhas pernas falharem.

— Porra, você é tão gostosa.

Angel se move para a fivela do meu cinto, destravando-o com um movimento do dedo antes de puxar meu zíper para baixo.

Ofego com uma respiração falha no momento em que suas mãos acariciam minha ereção sobre o tecido da cueca. Suas palmas e movimentos são suaves, diferente de seus olhos que pegam fogo.

Segurando seus pulsos, a puxo contra mim e a pego no colo, levando-a para a cama.

Antes de continuar, seguro seu rosto entre minhas mãos, e beijo sua boca. Essa noite é sobre ela. *Seu presente.*

— Tem certeza? Não quero que faça nada que não queira, se achar que não...

— Sempre foi você. Eu quero seja o primeiro — responde com uma certeza que me desconcerta.

Porra! Se dependesse de mim, eu seria o primeiro e o último porque nunca mais a deixaria escapar.

Deito seu corpo para trás e dedilho lentamente meus dedos contra sua pele exposta conforme vou me abaixando entre suas pernas.

A visão dos seus seios no sutiã branco rendado, o florescer bonito aquecendo sua pele, o subir e descer do seu peito enquanto ela me observa, tudo isso me desfaz. Expulsa meu raciocínio e tudo o mais se torna um borrão insignificante no pano de fundo da sua beleza.

Tudo o que importa é tocá-la, beijá-la e tirar qualquer obstáculo de renda do seu corpo.

Primeiro, engancho a lateral delicada de sua calcinha e vou puxando para baixo. Seus olhos se atentam a cada movimento meu, com expectativa. Fazendo o caminho de volta, passo a língua sobre o triângulo agora exposto e subo para seu quadril, com beijos cheios de promessas.

Minhas mãos alcançam o sutiã e abro o fecho em suas costas. Seus seios preenchem minha visão, redondos e rosados. Tão estonteante que preciso me lembrar de respirar. Ela geme enquanto acaricio seus mamilos, derrete-se enquanto deslizo os dedos ao longo do seu abdômen, e suspira quando abro suas pernas e me ajoelho entre elas.

— Anthony... — Seu corpo se contorce e estremece sob meu toque.

— Shhhh... Primeiro vou provar você, raio de sol.

Minha boca saliva com a visão. Sua boceta exposta e já molhada bem diante dos meus olhos.

Sem mais um segundo a perder, me abaixo e abocanho o monte explorando-a lentamente com a minha língua. Acaricio um lábio, depois o outro antes de brincar com o ponto principal, fazendo círculos lentos para deixá-la ainda mais desesperada e molhada.

Quero beber cada gota de seu desejo.

Seus dedos afundam entre os fios do meu cabelo com o movimento que faço entre suas pernas, arqueando o pescoço para trás seu quadril se eleva para tentar empurrar mais profundamente e meu peito incha com satisfação a cada barulho de aprovação que ouço dela.

Com uma das mãos firme em sua coxa, enterro-me naquele paraíso, sugando a carne já inchada de seu clitóris e seus gritos ficam mais altos.

— Oh, meu Deus! Isso é tão bom.

Sorrindo contra sua pele, me afasto e uso os dedos para fazê-la gozar.

— Você ainda não viu nada, linda.

Abrindo-a com uma das mãos, estico o máximo que posso sua pele sensível e uso a ponta do indicador para estimular o ponto.

Seus gemidos atingem um pico febril, então ela joga a cabeça para trás e empurra sua boceta doce em minhas mãos enquanto goza.

Eu não ia parar até que ela fosse minha de todas as formas imagináveis, até que nós dois estivéssemos tão satisfeitos, que não poderíamos mais pensar claramente.

CAPÍTULO 4

Angelina

NADA PODE NOS ATRAPALHAR

Meu corpo fica completamente mole depois do orgasmo. Deixo meus braços caírem para o lado acompanhando as batidas do meu coração disparado e tenho a sensação de que minha alma saiu e voltou do corpo naquele instante.

Porém, mal tenho tempo de pensar, pois logo sinto o calor de seus músculos me envolver, deixando claro que estamos apenas começando.

Reunindo minhas forças, trabalho nos botões de sua camisa ansiosa para vê-lo, bebendo da visão de seu peito nu quando ele puxa o tecido por seus braços e joga no chão.

Lambendo meus lábios, admiro a trilha de pelos escuros que leva direto aos seis gomos de seu abdômen.

— Vou considerar esse olhar como um elogio — murmura, movendo as mãos para suas calças já abertas e desliza o jeans fora de suas pernas longas junto de sua cueca boxer.

Tenho que segurar minha respiração para não gritar quando o vejo por completo.

Sempre amei o fato de Anthony ser um garoto grande.

Desde a adolescência, quando minhas fantasias proibidas com o irmão mais velho da minha melhor amiga começaram, eu amava pensar que mesmo sendo uma garota alta, perto dele, eu ainda me parecia pequena.

Agora, definitivamente sei que sua altura não é a única coisa *grande* que ele possui.

Jesus, Maria, José e todos os santos das virgens que me protejam!

Com seus quase um metro e noventa de altura, Anthony se aproxima de mim na cama de joelhos, fazendo meu pulso voltar a disparar. Curiosa, deixo meus dedos caírem sobre seu estômago, e fico intrigada quando vejo um número tatuado em sua pélvis, bem do lado direito, quase sob a linha da cueca.

Era um desenho discreto, apenas os números com traços finos sobre os músculos marcados.

— Vinte e seis... — arrulho, dedilhando o desenho com a ponta dos dedos. — Vai me contar o que significa?

Com um sorriso de canto safado e travesso que desperta uma sensação incandescente em mim, seus braços fortes me puxam de uma única vez.

No meio de nós, uma de suas mãos agarra a ereção dura e longa entre suas pernas e usando seu corpo para abrir minhas coxas, esfrega a glande contra minha boceta.

— Vou fazer melhor do que te contar, raio de sol — sussurra, depositando um beijo contra minha garganta — Te farei sentir.

Num movimento rápido, se inclina para capturar a camisinha no bolso de sua calça e rapidamente coloca em seu comprimento. Eu olho aquela cena, em uma mistura de tesão e apreensão.

— Nervosa? — pergunta, lendo a minha expressão.

Eu suspiro, sentindo-o mover o corpo lentamente para se encaixar em minha entrada.

— Ansiosa.

Antes de me penetrar, seus dedos empurraram os fios dos meus cabelos, afastando-os do meu rosto e sua mão segura minha mandíbula, um toque simples, porém repleto de possessividade.

— *Me beije.*

Eu tremo com a maneira como sua voz sai feito um rosnado, tão gostoso que sinto a umidade nas minhas partes aumentar no mesmo instante.

Pressiono meus lábios sobre o dele, obedecendo e calculo quando seu pau se encaixa em minha entrada. Sua língua empurrando profundamente em minha boca, enquanto seu membro me invade com tamanha paciência.

A ardência que sinto com a invasão, entra em parafuso com o prazer que todo meu corpo está experimentando. Por alguns segundos, fico tensa, esperando a dor que tanto ouvi falar, mas ele parece saber o que fazer e não se move, como se esperasse que meu corpo pudesse se acostumar.

Não é uma tarefa fácil devido ao seu tamanho e grossura, ainda assim, o misto de sensações faz meu mundo girar de qualquer maneira.

— Assim, assim, mesmo. — Começo a gemer, quando o calor vai subindo de novo, rebolando meus quadris com necessidade de mais dele.

Nós dois ofegamos por ar, arranhando um ao outro no momento em que ele entra um pouco mais em mim, ainda não profundamente. Minha boceta pulsa ao seu redor, e o ritmo de vai e vem me acende. Com a mão entre nós, ele se move para dentro e para fora por um tempo, depois tira completamente, fazendo movimentos provocativos sobre meu clitóris o estimulando com a cabecinha até a borda.

Meus dedos percorrem suas costas, afundando as unhas em sua carne e ele grunhe e mete dentro de mim de novo.

— Paraíso. Você é a porra do paraíso, Angel.

— Eu te amo! — É a única coisa que consigo dizer antes de explodirmos juntos pela primeira vez.

No dia seguinte, acordo nos braços do homem que quero passar o resto da minha vida. O calor de seu corpo colado ao meu, as pernas entrelaçadas com as minhas, o cheiro masculino enchendo meu olfato me fazendo lembrar cada toque da noite passada.

Dedilhando os dedos sobre a pele de seu braço, envolto em minha cintura, fecho os olhos implorando para que não fosse tudo parte de um sonho, e se fosse, que eu nunca acordasse, pois de longe esse seria um daqueles dias que eu gostaria de poder guardar em uma caixinha de memórias como um tesouro.

Segurando o lençol contra meu peito, a única barreira que tapava meu corpo nu, me desvencilhei de Anthony devagar e me levantei na ponta dos pés para ir até a janela.

Se eu estivesse presa em uma das minhas realidades no mundo dos sonhos, veria unicórnios voadores e dragões com duas cabeças cuspindo fogo do lado de fora. Para meu alívio, o que encontrei, foi muito diferente.

O sol já havia nascido há um bom tempo, indicando que nos cansamos o suficiente na noite passada. Do topo da pequena colina onde a cabana estava, era possível ver a imensidão das flores no campo.

No vasto território do Texas, entre as planícies ondulantes e extensas, estava a bela paisagem pintada com um mar de girassóis dourados. A plantação da Fazenda King compunha uma visão deslumbrante que se estendia por quilômetros, enchendo o ar com uma aura de calor e energia vibrante.

Era um dos meus lugares favoritos do mundo.

Desde pequena, corri por estes campos como se fosse a minha casa e de certa forma, era. Nascer e crescer em Falls Prince lhe dava o direito de acreditar que um pedacinho deste lugar, mínimo que fosse, lhe pertencia.

Eu sei que a maioria dos jovens da minha idade faz planos de sair daqui e se mudar para a cidade grande.

Nunca fui como eles.

Nunca me imaginei longe desse paraíso que chamo de casa, afastada do aroma das flores e da terra, sem poder estar perto de animais e da natureza. Eu queria que meus filhos tivessem uma infância como a minha. Que pudessem mergulhar no lago quando chegasse o ápice do verão, que aprendessem a montar num cavalo, que fizessem fogueira no pátio do Loney´s com seus amigos e que apreciasse a cidade em que nasceram tanto quanto eu.

Mesmo que no fundo eu saiba que se quiser conquistar meus sonhos, terei de abrir mão de casa por um tempo, desejo que isso possa se realizar.

Depois da noite com Anthony, tudo que ele preparou junto de suas palavras, a felicidade tomou conta do meu coração de tal forma que não fui capaz de pensar nas dificuldades de um relacionamento a distância. Quando nos beijamos pela primeira vez no ano passado, tudo ficou estranho até lentamente se resolver.

Nosso começo não foi mágico como na noite de ontem. Muito pelo contrário. Ficamos meses afastados até tomar coragem de falar sobre aquele beijo.

Ele estava relutante, eu estava com medo, até que no feriado de Ação de Graças em sua volta para casa, nos rendemos ao desejo de novo.

As chamadas longas durante a madrugada, conversas de vídeo pelo *Skype*, e suas visitas rápidas sempre que tinha uma folga, ajudavam, ainda assim, eu sabia da importância de seus estudos e não queria me tornar um peso.

Se eu falasse para ele sobre todos os meus medos, com certeza, Anthony diria para não me preocupar, pois daríamos um jeito. Otimista como sempre.

Porém, eu sabia que tinha escolhas importantes a tomar. A bolsa de estudos que me inscrevi para a faculdade na universidade de NY é a primeira delas.

Ainda não contei para ele e espero poder fazer uma surpresa quando chegar a hora.

Hipnotizada pela paisagem e imersa em reflexões e planos, mal noto quando Anthony acorda. Apenas sinto suas mãos me abraçando por trás.

— Quem te mandou sair da cama? — Com a voz rouca e preguiçosa, ele questiona beijando meu pescoço.

Fecho os olhos, deixando minha cabeça cair para trás e sorrio sentindo uma felicidade genuína.

— O galo cantando. Já esqueceu como funciona a vida no interior, garoto da cidade grande?

— Engraçadinha.

Viro-me e deposito um beijo contra seu peito nu e envolvo os braços em sua cintura.

— No que estava pensando?

Eu demoro a responder imaginando se devo interromper toda nossa alegria com minhas inseguranças sobre o futuro.

— Quer mesmo saber? — Levanto o rosto para encontrar seus olhos.

— Sempre, linda.

— Estava pensando no que seus amigos diriam se soubessem que você tem a porra do tamanho do seu pau tatuado em seu corpo!

O riso borbulha por sua garganta e retumba em seu peito.

Espero qualquer vestígio de vergonha em seu rosto, afinal... Era algo completamente constrangedor e ridículo. No entanto, uma expressão cheia de petulância toma sua face.

— Quem você acha que teve a ideia?

— Não. — Arregalo os olhos totalmente assombrada. — Zade e Dallas? Não me diga que eles também...

Ele concorda com a cabeça.

— Yeah, baby. Dallas Montgomery III e suas ideias geniais quando está bêbado. Todos nós fizemos.

Nessa hora, eu começo a gargalhar alto e descontroladamente.

— Vocês são ridículos.

— Não era isso que estava me dizendo ontem quando eu estava te fodendo.

Minha expressão ficou séria e me separei de seus braços, tomando distância.

— Mulheres fingem, você sabe, certo? — Tentei manter a minha voz firme para não rir, mas quando seus olhos escureceram ainda mais eu quase me perdi.

— Fingem? — perguntou, indignado — *Cretina!* Eu vou te mostrar como aqueles gritos não foram fingimento.

Eu corro pela cabana, fugindo dele e uma perseguição sem sentido começa. Nós rimos feito dois idiotas enquanto eu fujo e ele tenta me pegar.

Tanta alegria em meu peito e uma única esperança: de que *nada pudesse nos atrapalhar.*

CAPÍTULO 5

Anthony

TUDO DESABA

Estou completamente suado quando consigo capturar Angelina e a jogo sobre a cama. Como um jogo infantil pode deixar o meu pau duro, eu não faço ideia, mas era esta minha situação quando a beijei, esperando que pudéssemos aproveitar cada segundo do dia.

Tomo sua boca, buscando por sua língua, explorando o corpo delicioso com as mãos. Ela geme contra mim, tão necessitada quanto eu e esfrega seus quadris em minha ereção já evidente.

— Como você está? Dolorida depois de ontem? — Puxo-a suavemente pelo cabelo, olhando em seu rosto.

— Um pouco — responde com sinceridade, os lábios rosados pela força do meu beijo —, mas é uma dor gostosa...

Mais um gemino escapa e eu a viro, ficando sobre ela.

— Acho que posso te ajudar a superar isso... Quem sabe uma massagem? — Arqueio a sobrancelha e então sorrio. — Com a minha língua...

Vou deslizando para baixo, passando as mãos por suas coxas, até que para minha própria desgraça, somos interrompidos pelo toque do meu celular.

Na primeira ligação, não ouso me levantar para atender, porém conforme o aparelho toca e toca sem parar, sou obrigado.

— Eu deveria ter desligado essa porra.

Localizando o celular no meio das minhas roupas espalhadas pelo chão, vejo inúmeras chamadas perdidas e notificações de mensagens. Alarmado, ligo para o último número e espero até atender.

Leva menos que alguns segundos.

— Zade?

— Precisamos conversar. — Sem saudações ou qualquer esclarecimento, ele simplesmente fala.

— O que aconteceu?

— Não posso falar por telefone, me encontre na fazenda. Agora!

— Preciso de um banho e vou deixar Angel em casa. Depois te encontro lá, tudo bem?

— Ok. Seja rápido.

Intrigado, encerro a ligação e encontro os olhos de Angelina que me encaram com preocupação.

— Aconteceu alguma coisa?

Puxo-a para perto, depositando um beijo em sua cabeça.

— Não, linda. Nada demais. Tenho que ir falar com Zade. Vou te deixar em casa no caminho, antes que sua mãe comece a nos caçar. Tudo bem?

— Tudo bem.

Do um beijo suave na ponta de seu nariz e começamos a arrumar as coisas espalhadas para sair.

Deixo Angel em casa e dou uma passada rápida para ver a minha irmã e minha mãe antes de ir até Zade. Desde a morte do meu pai, quando eu tinha dezessete anos, tratei de fazer o possível para que elas não se sentissem sozinhas.

Minha mãe viveu muito tempo como uma daquelas mulheres que não sabia respirar longe do marido e mesmo que meu pai fosse um homem complicado, ela não desejava se libertar. Era como se sua vida tivesse estacionado desde a sua morte, na espera do dia que eu pudesse cumprir o seu legado e tomar conta de tudo.

Papai foi um grande advogado, muito bem-sucedido e tudo que minha mãe esperava é que eu seguisse cada um de seus passos.

Uma discussão que rendia boas brigas sempre que era citada.

Por isso, para não render assunto, fiz uma visita rápida e logo saí de casa.

Minha irmã deu um breve aceno quando me viu e mamãe começou a gritar questionando por que eu estava aqui ao invés de na faculdade.

Pulando na minha caminhonete, dirigi em direção à rua principal de Falls Prince onde o mercado, restaurante e poucas lojas que existiam na cidade funcionavam. As fachadas de madeira e letreiros coloridos davam a impressão de que tínhamos parado no tempo, na década de oitenta.

A vida em Nova York era muito diferente daqui. Mais barulhenta e agitada, um vislumbre aos olhos da maioria dos garotos da minha idade.

Para mim, estava longe de ser um sonho.

Sempre que pensei sobre o futuro, me imaginei aqui. Pelo menos, antes da morte do meu pai. Agora, a realidade é que eu estava funcionando no automático, fazendo o que era preciso e nada mais.

Leva cerca de cinco minutos até chegar à casa de Zade. A sede da fazenda King é um casarão de quatorze cômodos que fica do lado mais distante e isolado de Falls Prince. De longe, algo muito parecido com um lugar mal-assombrado, totalmente o oposto dos hectares da família onde os girassóis eram cultivados.

Os Kings, Montgomerys e Cahills desenvolveram grande parte do território da cidade, portanto, há várias propriedades espalhadas pela região. Meu pai investiu grande parte de sua fortuna por aqui, mas nunca teve o empenho com as terras quanto os outros.

Nenhuma de nossas famílias cresceu com qualquer dificuldade financeira, para falar a verdade e a amizade entre nossos pais proporcionou que vivêssemos nossa infância praticamente juntos. Zade e Dallas eram como meus irmãos.

— Sempre atrasado, não é mesmo, idiota? — Zade resmunga, encarando-me com seus olhos tão escuros quanto os meus assim que saio do carro e os encontro à porta.

Dallas, com seus cabelos loiros bagunçados e óculos escuros, parece que acabou de acordar depois de uma semana inteira de farra enquanto Zade continua o mesmo. Jeans, camisa xadrez e um boné do *The Houston Rockets* enfiado na cabeça.

Se eu não o conhecesse desde que saímos das fraldas, diria que sua última implantação no exército o fez bem.

Com os músculos tão grandes quanto de um modelo *bodybuilde*r, e tatuagens que preenchiam grande parte da sua pele bronzeada, ele parecia perigoso e centrado.

Mas só quem sabia os demônios que ele escondia podia ver a pontada sombria no olhar do herdeiro da família King. Ele estava estranho desde sua última temporada no Afeganistão. Vivíamos ouvindo dizer o quanto servir ao país deixava marcas. Às vezes, eu tinha pesadelos pensando que em uma de suas idas, ele poderia não voltar para casa.

E a ideia de perder qualquer um deles era completamente assustadora.

Seria o mesmo se algo acontecesse com minha irmã, minha mãe ou Angel...

— O que você queria falar? — pergunto sem mais delongas, investigando o rosto dos dois.

Dallas levanta os óculos escuros, só então, mostrando um gigantesco hematoma em seu olho direito.

— Que porra aconteceu?

— Recebemos um recado ontem à noite.

Eu espero alguma piada, alguma sugestão de que ele apenas se meteu em uma briga, mas a seriedade na voz dele levanta um sinal de alerta que gela a minha espinha. Dallas *nunca* foi tão sério. Ele era sempre o mais descontraído e positivo de nós, a ponto de ser irritante.

— O que aconteceu? — repito, ficando cada vez mais apreensivo.

Ele pega algo em seu bolso, troca um olhar confidente com Zade e me entrega um envelope vermelho.

— Leia.

Eu abro no mesmo segundo e leio a nota em um silêncio mortal:

"Vocês me fizeram queimar. Irei destruir tudo o que amam."

— Gabriel Castiello escapou da prisão alguns dias atrás. A polícia está procurando, mas até agora, não foi localizado. Ontem à noite, Dallas foi encurralado em um beco depois da noite da fogueira. Um homem estranho deixou essa bela marca no rosto dele e fugiu. O envelope estava sobre o vidro de seu carro.

Zade continua falando, mas minha cabeça está completamente apagada para o mundo.

É assim que o que tenho planejado junto de cada gota de felicidade que estava sentindo me escapa.

Tudo desaba.

CAPÍTULO 6

Angelina

Nova York

SURPRESA!

No lugar dos pastos verdes, terra vermelha e céu azul infinito, um mar de pessoas e prédios imensos confronta minha visão nesta manhã, despertando a sensação de que o calor da vida foi abafado por uma multidão vivendo os instantes na velocidade da luz.

O nervosismo é meu companheiro fiel assim que piso os pés no asfalto. Conferindo o endereço mais de mil vezes, olho para o edifício gigante à minha frente e solto um suspiro apreensivo.

O ritmo frenético da cidade grande é totalmente diferente do que eu estava acostumada. Vindo de um lugar tão pequeno como Falls Prince, essa imensidão de pessoas e arranha-céus me deixa um tanto atordoada, mas nesse momento, nada disso importa.

Essa é apenas uma pequena batalha a enfrentar comparada ao que me espera.

Vamos lá Angelina, você é uma mulher ou um pedaço de bosta?

Pedaço de bosta, meu inconsciente responde, só para me provocar e eu ignoro, por pura teimosia.

Nunca fui um pedaço de merda covarde e não vou começar agora.

Colocando as mãos suadas dentro dos bolsos laterais do meu casaco, empurro a porta de vidro e adentro a recepção chique do prédio, repetindo todos os pensamentos positivos que guardei ao longo da minha vida.

Meses se passaram desde o meu aniversário. Por algumas semanas, tudo permaneceu daquela maneira, absolutamente perfeito. Anthony estava próximo, fizemos planos e promessas um ao outro, até que lentamente as coisas começaram a esfriar.

Eu dei muitas desculpas para justificar o que estava acontecendo, inventei milhões de razões em minha cabeça, mesmo sabendo que todas elas eram fracas. O medo era tudo que existia no meu peito nos últimos dias, medo de perdê-lo, medo de ter me doado por uma fantasia fadada ao fracasso.

Por semanas a fio, medo era a única coisa que eu sentia até que eu não podia mais suportar. Precisava de uma certeza e seria hoje.

Fui aceita na universidade NYU, e a primeira pessoa que quero que saiba é ele.

Anthony havia se mudado dos dormitórios da faculdade de direito para um apartamento em um prédio ostensivo algumas semanas atrás, desde que começou o estágio em um escritório de advocacia.

Fiquei sabendo da notícia através de Maddie. E mesmo chateada por ele não ter me contado em nossas ligações assim que aconteceu, meu coração bobo ainda ficou feliz por ele.

Sua vida estava acontecendo como ele queria e por mais assustador que fosse pensar que com toda essa agitação, talvez não existisse mais um espaço para mim, ainda o amava o suficiente para ficar feliz por suas conquistas.

Ele te ama. Lembrei-me.

Será mesmo? Outra parte da minha cabeça perguntou.

Eu queria ser recebida com aquele sorriso sacana em seus lábios. Queria sentir o mesmo fogo em seus olhos. A mesma paixão em seu toque. No entanto, tinha pavor de enfrentar a realidade caso sua reação fosse diferente.

Parei diante do porteiro, forneci o meu nome e esperei, tentando controlar a ansiedade. Para minha surpresa, ele disse que não precisava ser anunciada e que poderia subir. Depois de me explicar como chegar, segui suas instruções e em poucos minutos me vi parada diante da porta de um apartamento.

Tudo ou nada.

Fechei as mãos em punho, na intenção de bater, porém, uma vozinha diabólica soou em minha cabeça dizendo para entrar sem aviso. Assim o fiz, girando a maçaneta notei que a porta estava aberta, portanto, entrei.

No interior, a mobília masculina contrastava com a decoração moderna e clássica. Não pareciam combinar com ele, ainda assim, era bonito. Tão elegante e... *frio.*

Meu corpo tremia de nervosismo, meu coração badalava de agonia.

Não desmaie. Não desmaie.

Caminhando pelo lugar enorme, fui entrando lentamente, sem dizer nada.

Passando por uma sala vazia, localizei um corredor que imaginei levar em direção aos quartos e continuei.

Isso é música? Inclinei minha cabeça, movendo-me através de uma névoa de energia nervosa em direção ao som. No meio do corredor, a melodia ficou mais alta, vindo de trás de uma porta.

Meu andar acelera, meu pulso bate mais forte, mais intenso, selvagem e inconstante. Estou correndo no momento em que chego à porta dele, minha mão úmida e atrapalhada com a maçaneta.

Eu giro, abro a porta e congelo.

Ele não está sozinho.

Não está sozinho em sua cama. Não está sozinho.

Com os dedos acariciando a pele nua de uma mulher, Anthony mal nota a minha presença. Ele segura aqueles cabelos longos, ruivos como fogo, beija o corpo exuberante coberto por uma lingerie vermelha feito sangue, e me mata, bem ali.

O chão parece sumir sob meus pés enquanto a cena se desenrola à minha frente. Meu coração parece ter sido partido em mil pedaços, e a dor dilacera minha alma.

Fico parada por alguns segundos, sem conseguir reagir até que desvio meu olhar, sem ser capaz de encarar uma realidade tão feia.

Paralisia agarra meus membros. O ar escapa dos meus pulmões e uma rigidez cadavérica me atinge.

Se a morte existisse em uma forma, eu a possuiria agora.

Tudo o que construímos parece desmoronar. As promessas de amor, a confiança que depositava nele, tudo parece ter sido jogado ao vento. *Como pude me deixar enganar?*

Desesperada para ir embora, giro em direção a porta e esbarro na caixa de som em cima de uma mesa perto dela. O barulho ecoa pelo cômodo, assustando-os e a música para, preenchendo o nosso redor por um silêncio enfeitado da bagunça de uma caça às roupas jogadas pelo quarto.

— Angel?

O sangue ruge em meus ouvidos, pulsa no meu pescoço e lateja dolorosamente no meu abdômen quando olho para ele.

— Por quê? — Minha voz sai estrangulada. — Por que você não acabou tudo? Por que me manteve esse tempo todo para acabar assim?

— Me desculpe, eu estive muito ocupado. Com o novo trabalho, quero dizer e... — Esse não é o homem que conheço.

Não pode ser. Nem mesmo seus olhos parecem iguais. É como se outra pessoa completamente desconhecida estivesse diante de mim.

— Essa será a sua desculpa? — Minha risada fria corta pelo ar. — O trabalho? Falta de tempo?

— Tudo está diferente, raio...

— Angelina — corrijo antes que ele possa terminar. — Meu nome é Angelina.

Músculos contraem ao longo de sua mandíbula tensa, e seus olhos pretos como a noite me fitam com um silêncio gelado.

— Nunca iria funcionar, Angelina.

A ligação entre nós desaba, deixando um vazio tão profundo, vasto e escuro quanto um oceano.

Eu me sinto caindo por dentro. Quebrando sob os cacos pesados e irregulares. Engolindo o ar no fundo do esquecimento.

Ele fica imóvel, lábios pressionados, olhos duros. E é nesse instante que percebo que não há mais nada a fazer.

Virando-me em direção do mesmo caminho que me trouxe a este pesadelo, eu saio.

A cada passo em direção à porta da frente, a barragem dentro de mim se curva e estilhaça sob o gemido gutural da pressão de perdê-lo.

De cabeça abaixada, braços presos em torno de mim mesma, eu ando mais rápido, mais forte, controlando tudo isso.

Não vou quebrar. Não posso quebrar.

Não aqui.

Quando cruzo o corredor, chamo o elevador e entro na caixa metálica e solitária.

Minhas pernas falham e me seguro para não cair, alcançando o celular dentro da minha bolsa.

Minha vista está turva enquanto faço uma busca nos contatos e clico para uma ligação.

Leva uma eternidade.

Sinto todo meu corpo tremer. Tudo ao meu redor girar.

— Angel? Angel? O que aconteceu? Onde você está?

— M-maddie, pode vir me buscar?

CAPÍTULO 7

Angelina

Dois anos depois
Em algum lugar...

MINHA ÚNICA SALVAÇÃO

Minha mente tem sido uma complexa confusão de ilusões e dúvidas.

Na maioria dos dias, eu invento razões criativas e compreensíveis para explicar o motivo pelo qual minha vida tomou esse rumo, tentando encontrar o ponto onde descubro a razão para que tudo de bom que possuo escapar por entre meus dedos com tanta facilidade.

Como é possível que um dia eu tenha acordado ao lado do homem que amo, repleta de sonhos e planos e de repente, não havia mais nada?

Depois do fatídico dia em que peguei Anthony com outra, mesmo que eu quisesse ficar em minha cama chorando para sempre, eu me levantei e segui em frente. No começo, continuei em Falls Prince, trabalhando e planejando o início do próximo ano quando começaria a faculdade na NYU. O sonho de me tornar uma veterinária sendo a única coisa que me mantinha em pé.

Porém, tão rapidamente quanto escalei para fora daquele buraco que fui jogada caí novamente quando minha mãe descobriu que estava doente.

Câncer.

O sonho escapou por entre meus dedos mais uma vez e um novo pesadelo começou.

Minha mãe, a senhora Linda Harrys, sempre foi uma mulher orgulhosa. Desde o meu nascimento, quando fomos abandonadas pelo meu genitor, mamãe me ensinou que pedir ajuda era uma espécie de pecado. Então, quando ela ficou doente e percebemos que morar em Falls Prince seria difícil para seu tratamento nos mudamos para Oklahoma.

A mudança mais seu tratamento levou todo o dinheiro que havíamos guardado para meus estudos embora. Cada centavo que tínhamos foi usado para cuidar de sua saúde até que chegou ao ponto em que eu estava sozinha, assustada e desesperada para descobrir como faríamos para sobreviver o próximo dia.

Maddie continuava me ligando, querendo saber da minha vida, mas naquele momento, eu não queria estar perto de nada que me lembrasse do passado. Foi a única forma que encontrei para sobreviver.

As coisas foram ficando cada vez mais e mais difíceis até Dawson aparecer em meu caminho como uma aparição mágica do destino.

Ele era cliente em um dos bares que eu trabalhava como garçonete, um bom ouvinte e homem gentil.

Um dia, quando sai para jogar o lixo no fim de um turno exaustivo, quebrei, chorando desesperadamente todo meu pavor na sarjeta. Dawson me encontrou naquela situação e quando perguntou qual era o problema, sem poder guardar mais meus próprios segredos revelei tudo.

Para minha surpresa, depois disso, ficamos amigos. Ele aparecia todos os dias, tomava sua xícara de café, perguntava sobre minha mãe e ia embora.

Era um dos únicos bons momentos que eu tinha durante o dia, aqueles minutos em que conversávamos.

Meses se passaram dessa forma, até que a saúde da minha mãe ficou ainda mais debilitada e os custos de seu tratamento maior, foi então que a proposta foi feita.

Dawson disse que todo o tratamento da minha mãe seria pago, eu poderia estudar, teria uma casa e tudo mais que quisesse e em troca, seria sua esposa. Um casamento de conveniência.

Ele precisava de uma vida instável para manter maculada sua carreira política e eu precisava de dinheiro desesperadamente. Ambos sairíamos ganhando, segundo suas próprias palavras.

No primeiro momento, minha resposta foi óbvia e clara: *não*. Afinal, aquilo era loucura. Dias depois, mais contas surgiram, o estado de saúde da minha mãe piorou e a ideia foi ficando cada vez mais tentadora.

Tudo aconteceu tão rápido, que a sensação é como se eu tivesse piscado e acordado aqui, vestida de noiva, pronta para me casar com um homem que não amo, mas que será a minha salvação.

— Você está linda, minha filha. Isso só pode ser um sonho. — O deslumbre na voz da minha mãe e a felicidade estampada em seu rosto era tudo que estava ausente em mim.

O sorriso que mantenho impregnado em minha face é tão falso quanto este casamento.

— Obrigada, mamãe. — Eu me abaixo onde ela está sentada e a abraço com força, precisando de sua presença para me impedir de fugir — Tudo vai ficar bem agora, ok?

Alguém bate à porta, e vejo o assessor de Dawson colocar a cabeça porta adentro.

— Podemos conversar senhorita?

— Sim... — Eu me levanto e engulo em seco antes de olhar em direção a minha mãe que sai do seu lugar com um sorriso educado.

— Vou avisar a cerimonialista que a noiva está pronta.

— Obrigada, mamãe.

Espero até vê-la sair. Feliz por esse ser um de seus dias bons.

O lenço florido que ela escolheu para colocar em sua cabeça, combina com os tons claros de seu vestido longo. Ela está elegante e tão vibrante com toda essa alegria que aquece meu coração.

Exalando um suspiro, olho para o homem engravatado à minha frente e ele coloca uma pilha de documentos sobre o aparador ao lado da porta.

— Trouxe os papéis que você precisa assinar. — Sua voz é fria e impessoal.

Ele tira uma caneta do bolso de seu terno e me entrega.

— Preciso assinar agora?

Com um aceno, concorda:

— Agora.

Sem escolha, abro a pasta, leio rapidamente e assino na linha pontilhada.

— Pronto. Qual o próximo passo?

— *Se casar.*

CAPÍTULO 8

Anthony

"Preciso de álcool.
O máximo que conseguir.
Eu preciso beber."

Eu não deveria estar aqui.

Na verdade, nem deveria ter saído de Nova York, para começar.

Eu não deveria ter abandonado meu trabalho poucos dias antes de um julgamento importante, dirigido tantas horas seguidas sem me importar com as consequências e muito menos deveria estar parado em frente a esta igreja como estou agora. Escondido dentro do meu carro, observando os convidados que chegam um a um.

Quem seriam essas pessoas? Por que nenhum dos nossos amigos de infância está aqui? E por que ela decidiu fugir para tão longe?

As perguntas eram infinitas disparando através do meu cérebro exausto. Eu queria pará-las apenas por um segundo. Queria de volta o silêncio e equilíbrio que trabalhei duro para conquistar durante os últimos dois anos, mas, quando se tratava dela, tudo virava uma bagunça.

E no final, o resultado ainda era o mesmo.

A resposta para cada pergunta estava lá, eu goste ou não.

Explicar as escolhas de Angelina era muito fácil. *Ela está fazendo isso para esquecer. Esquecer seu passado, e de mim. Principalmente de mim.*

— Idiota Anthony, você é um idiota, porra! — esbravejei para mim mesmo, fechando os punhos com força ao redor do volante.

Meu peito queimava, como se meu coração estivesse sendo mergulhado em uma cuba de ácido. Meus batimentos estavam frenéticos, minhas mãos suavam, e eu sentia como se a qualquer minuto, a tempestade em que me enfiei fosse capaz de me engolir e nunca mais cuspir de volta.

Tantos sentimentos ferviam através do meu sangue, ainda assim, desde ontem, quando aquela maldita matéria de jornal apareceu na minha frente, apenas um me governava: *raiva.*

Uma quantidade tão doentia e desesperadora, que eu mal podia respirar. Mas de que isso me adiantava quando não havia nada que eu pudesse fazer?

Se ao menos raiva servisse para alguma coisa, a dor no pulso que estou sentindo por arrebentar metade do meu apartamento na noite passada teria me transformado no próximo Buda.

O toque do meu telefone ecoou dentro do carro me arrancando dos meus pensamentos e sem prestar atenção no nome da tela, aperto o botão e coloco o aparelho contra o ouvido, arrependendo-me um segundo depois.

— Onde você está? — O grito de Maddie do outro lado da linha me fez encolher os ombros em agonia.

Porra, ela era a última pessoa que eu gostaria de enfrentar agora.

Minha irmã pode parecer um doce por fora, mas Deus é quem sabe o quão louca ela se torna quando está chateada.

Respiro fundo, reunindo forças e coloco o meu cérebro para funcionar, por mais difícil que fosse no momento.

— O que você quer? A mamãe está bem? — Foi a única coisa que consegui pensar para dizer, em vez de contar onde estou no momento.

— A mamãe está bem? — ela repete, incrédula. — Sério que é *isso* que vai me perguntar? Qual é o seu problema?

Bufei.

— A lista é gigantesca, irmãzinha. Posso te mandar por e-mail se quiser.

— Eu sempre soube que você é um babaca, Anthony, mas nunca imaginei que além de babaca também é um belo pau no c...

— Olha a boca, porra!

— Foda-se! — cuspiu, do mesmo modo que fazia desde que eu tinha quinze e ela era apenas uma pirralha boca suja de onze anos — Apenas, foda-se!

— O que você quer, Maddison? — repeti, com uma pontada de irritação.

Um minuto de silêncio seguiu do outro lado da linha. Tirei o telefone do ouvido, para ver se a ligação ainda estava rodando até finalmente o soluço do outro lado quebrar de vez meu coração. *Droga.*

— Ela é minha melhor amiga e você é meu irmão mais velho. Eu amo vocês e estou vendo ambos, tomando decisões idiotas. Por favor, Thony... — Meus músculos se apertaram ante a tristeza que identifiquei em sua voz. — Mesmo que ela não fale comigo, nem responda mais as minhas ligações há meses. Eu estou preocupada... *Você precisa fazer alguma coisa!*

— Ela o escolheu Maddie.

— Você a traiu! Fodeu outra garota na frente dela! Não tem o direito de julgar qualquer escolha que Angelina tomou, mas pode ser homem uma vez na vida e lutar pelo que quer. Dizer que se arrepende, implorar por perdão de joelhos. *Lutar por ela!* Aquela garota ama você feito louca. Se falar com ela, *talvez*... Talvez, ela desista. Ainda há chance, irmãozinho. *Por favor!*

Ela desistiria. Aí é que está o problema. Angelina desistiria de qualquer coisa por mim, se soubesse toda a verdade.

Assim como eu, desistiria de qualquer coisa por ela.

Foi o que fiz naquela manhã em Nova York, desisti dela e dei um jeito para mantê-la longe. Meus problemas não podiam chegar até ela.

Ela não merece pagar por nenhum dos meus pecados e as consequências do estrago que Gabriel Castiello desejava fazer em minha vida e na dos caras podia ser irreparável.

— É tarde demais — respondi, sem mais a dizer sobre o assunto.

Outro tempo de silêncio nos fez companhia, até minha irmã finalmente desistir.

— Quer saber? Você tem razão, é tarde demais. — Um suspiro frustrado escapou do outro lado da linha. — A vida em Nova York deve ser muito mais interessante, não é mesmo? Por que ainda tentei? Já faz um tempo que mal te reconheço. Espero que não se arrependa de se tornar tão... Tão...

Babaca? Escroto? Filho da puta do caralho?

— Maddie...

— Tchau, Anthony. Tchau.

Abaixando o telefone, desvio os olhos em direção a porta da igreja. Tudo dentro de mim implorava para que eu me levantasse, e fizesse exatamente o que Maddie desejava, mas, a racionalidade era uma cadela e no momento, ela estava com uma corda ao redor do meu pescoço, me sufocando sem piedade.

Fiquei mais alguns minutos ali parado, implorando por um milagre até finalmente a porta se abrir, e Angelina aparecer, vestida de noiva, tão linda quanto um anjo ao lado do seu marido.

Uma pequena multidão se aglomerou para aplaudi-los, havia alguns fotógrafos e até mesmo repórteres ao redor, prontos para registrar a felicidade do mais novo casal e para meu pavor, era exatamente assim que ela se parecia. *Feliz.*

O reconhecimento dilacerou a parte de mim que ainda sonhava em tê-la, e aliviou a outra, que sabia que não havia outro caminho.

Ela está feliz e segura, isso é tudo que importa. *Mesmo que doa.*

Minha cabeça ficou pesada com a derrota.

Eu estava quebrado, de mil maneiras diferentes, mas agora tinha certeza de que ela estava muito melhor sem mim.

Ligando o carro, pisei o pé no acelerador e dirigi. Por horas e horas, sem destino, até finalmente acabar com os litros de combustível que me restavam.

Parado na beira da estrada, peguei o telefone, e liguei para os únicos que eu sabia que me salvariam a qualquer hora e em qualquer lugar.

Zade atendeu no segundo toque, e eu dei graças a Deus por sua última implantação ter acabado algumas semanas atrás.

— Falou com ela?

— Não.

— Ela se casou?

— Sim.

— Onde você está?

— Estou te enviando a localização.

— Dallas e eu estamos a caminho.

— Preciso de álcool. O máximo que conseguir. *Eu preciso beber.*

CAPÍTULO 9

Angelina

Presente - Seis anos depois...
Em algum lugar

NÃO DESISTA, RAIO DE SOL

Meus olhos se abriram junto do impacto de algo forte batendo contra meu rosto. A confusão instantânea se apoderou dos meus sentidos me preenchendo com memórias desconexas.

Dawson aparecendo para me buscar, seus gritos dentro do carro, sua raiva, a dor absurda em minha cabeça quando uma das mãos agarrou meus cabelos e bateu meu crânio contra o vidro do carro e então... *Nada.*

Virei-me em uma inútil tentativa de me mover, mas todo meu corpo estava rígido. Uma dor descomunal em meus ossos me paralisava dos pés à cabeça e eu não sabia dizer ao certo o motivo.

Uma rajada de frio bateu em minhas costas e só então meus pensamentos começaram a clarear. A sala fria em que fui colocada, só tinha um significado para mim, fosse onde fosse, era território dele. *Combinava com ele.*

Gelo era tudo que Dawson conhecia, como ele gostava das coisas. Desde o clima até o que existia dentro de si.

— *Eu sei que está acordada, vagabunda*!

Um pé empurrou minha coxa e mordi meus lábios com força para ignorá-lo. Eu não queria abrir os olhos. Não queria me encontrar com a realidade, pois sabia quão feia ela era.

Dedos fortes envolveram meu couro cabeludo e fui puxada para cima com tanta força que minha vontade de lutar contra ele desapareceu no mesmo instante.

Em choque e imóvel, meu corpo demorou a reagir.

— Não estou no humor para brincadeiras Angelina, você já testou a minha paciência o suficiente.

Sem escolha, ajoelhei-me para que o aperto se afrouxasse e olhei para frente, bem no fundo dos olhos do meu marido.

Dawson Voight, aquele que ajudava os pobres e prometia o paraíso a seus eleitores, ou melhor, aquele que os iludia, deixando que acreditassem em sua bondade me encarava com um ódio vivido.

— Seis anos de casamento, e tudo que exigi foi obediência. Algo tão simples, que até mesmo uma caipira burra como você seria capaz de fazer. E então, como sou retribuído? — Sua voz soava branda como sempre, mas o fogo que via em seus olhos era claro o suficiente.

Eu fui longe demais e pagaria o preço.

Deixando sua raiva exalar pelo ar, ele me soltou e começou a caminhar em círculos.

Fui jogada em um quarto vazio. Sem móveis, cortinas e nem mesmo uma janela. Todos os luxos que ele me deu desenfreadamente em todos os anos de casamento foram abdicados por meu comportamento, uma ameaça que ele fazia o tempo todo, acreditando ser realmente o que me importava.

Por seis anos, vivi ao lado dele e segui suas ordens, afinal, era isso que ele esperava e desejava de mim. Nossa vida parecia perfeita do lado de fora, a casa imponente, os eventos sociais brilhantes e a atenção da mídia sempre ao nosso redor. Porém, por trás dessa fachada glamorosa, existiam segredos e verdades dolorosas a enfrentar.

Dawson me desprezava.

Fui tratada como um ser invisível dentro das paredes de sua mansão. A caipira desesperada que ele tirou da sarjeta.

Em seis anos de casamento, mal fui considerada um ser humano quando não estávamos na presença de alguém ou em algum lugar público.

Nosso casamento não era nada além de um acordo muito bem detalhado que trancafiava minha vida ao seu lado.

Mas eu estava cansada demais para aguentar mais um segundo disso.

Mais um segundo dele.

As pessoas achavam que apenas a violência podia matar alguém de forma lenta, eu sou a prova de que as palavras machucam tanto quanto. As cicatrizes que seus punhos fizeram em mim, desapareceram, já as feridas de suas humilhações constantes, continuam sangrando. Estou sufocando diante desse homem e me tornando algo sem vida só para seu prazer.

— Me deixe ir embora, Dawson. Me deixe ir embora — repito, desesperada. — Este casamento não pode continuar. Não quero mais ser sua esposa...

Ele paralisa onde está, a alguns passos de distância, e inclina seu pescoço para me avaliar.

— Você ainda não entende, não é mesmo, Angel? — Fita-me com um sorriso distorcido. — Você não é minha esposa. É minha propriedade! Portanto, quem decide a hora que isso acaba, sou eu.

Eu estremeço diante dele, não pelo frio, sim, pelo olhar impregnado de perversidade. Enfiando a mão em um dos bolsos de seu terno, ele retira um envelope que reconheço de imediato.

Amassando-o bem na minha frente, ele joga o papel na minha cara.

— E quanto a isso, querida, nós vamos conversar. Se você acha que vai conseguir alguma coisa me ameaçando, vou te mostrar o quanto está errada.

O bilhete que escrevi antes de deixá-lo fica caído no chão como se fosse nada. O desequilíbrio em seu temperamento é o único indício de que consegui irritá-lo.

Por meses, eu me aproveitei da invisibilidade com que ele me tratava para reunir provas do verdadeiro monstro que Dawson Voight é. E consegui material suficiente para destruir sua carreira.

Na minha inocência, achei que tudo que reuni, seria a brecha para minha liberdade, mas aparentemente, o monstro que me possui é capaz de ir muito longe para manter seu império intacto.

O vejo circular pelo cômodo mais alguns minutos até finalmente parar e me encarar, cruzando os braços em seu peito. A calma perigosa que eu conhecia voltando aos seus sentidos.

— Vou perguntar apenas uma vez, Angelina, onde está o pen drive?

— Eu já disse, vou te entregar quando assinar os papéis do divórcio.

Deixando escapar um suspiro, ele caminha na minha direção como uma víbora e se abaixa para deixar nossos rostos próximos um do outro.

— Eu esperava que você fosse um pouco mais inteligente, sabia? Acha mesmo que lutar contra mim é uma boa ideia, tem certeza? — pergunta, analisando-me.

Eu não respondo. Ele não merece nem mesmo isso de mim.

Dawson fecha sua mão em punho e a levanta, fazendo meu corpo encolher à espera de um golpe. Seus lábios se curvam quando presencia o medo que deixo escapar e sorri abertamente, batendo três vezes contra parede sob minha cabeça.

Depois de alguns segundos, dois homens entram no quarto e me agarram, um de cada lado, obrigando-me a ficar de pé a frente dele.

— Você não vai gostar do que tenho preparado para você, querida. Não vai gostar nenhum pouco.

Sem piedade, ele acerta um tapa em meu rosto, fazendo-me ver estrelas enquanto mantém aquela expressão de satisfação, em seguida me bate novamente, por puro prazer e puxa meu cabelo, curvando meu pescoço para trás.

Palavras correm por meus pensamentos como contas em fios: *por favor, pare, por favor, me deixe em paz. Deixe-me ser livre.*

Eu estou a ponto de implorar, bem perto de quebrar, até encontrar a realidade em seus olhos.

— Está pronta para brincar comigo, minha adorável esposa?

Estava estampado em sua cara, tão claro que qualquer um poderia reconhecer. Ele me faria sofrer cada minuto do dia, até descobrir onde estavam as informações que consegui.

— *Eu vou te destruir* — ameaço, sentindo uma faísca de coragem crescer em meu peito junto de uma partícula de raiva.

— Você pode tentar. Duvido muito que irá conseguir — murmura em uma contemplação sarcástica. — Uma última chance, Angelina. Estou te dando a porra de uma última chance. Diga-me onde está e acabamos com essa merda. Eu realmente não quero te machucar, mas vou, se preciso.

Com o mesmo olhar que ele usa para falar com seus eleitores, ele tenta me manipular, achando mesmo que vou cair nessa. O idiota nem sonha que estou vacinada contra isso há anos.

O sangue borbulhou em minha boca.

— Vai. Se. Foder!

Seus punhos se fecham ao lado do corpo, a raiva o tentando mais uma vez. Com um movimento, ele declara minha sentença.

— Tirem essa vagabunda da minha frente. Vou conversar com ela mais tarde.

Uma promessa em seus olhos gela a minha espinha e uma onda de solidão me domina quando todos os anos que vivi neste pesadelo passam em minha cabeça.

Não havia mais nada que eu pudesse fazer.

Meus olhos se fecham e minha mente divaga, flutuando em direção a memórias muito mais felizes.

O cheiro do campo de girassóis que eu tanto amava passa pelo ar, os sorrisos, os beijos... O amor, tudo me abraça, como se mesmo sabendo que nada nem ninguém viria para me salvar, eles ainda estivessem lá.

"Não desista, raio de sol..."

CAPÍTULO 10

Angelina

NÃO HAVERÁ VOLTA PARA CASA

Quando me deparei com o meu reflexo através do espelho, a sensação era como se todo o ar restante em meus pulmões tivesse sido arrancado de uma única vez. Uma mistura de medo, cansaço e confusão transbordavam o olhar da mulher à minha frente, os orbes azuis estavam vazios e distantes, como as de uma presa encurralada e *completamente sem saída*.

Uma figura feminina deslumbrante estava ali, me encarando com aquele olhar que me causava arrepios, parecendo completamente perfeita por fora como era de se esperar, mas no fundo, eu sabia que ela se sentia *suja* e perdida.

Meus cachos loiros caíam graciosamente sobre os ombros, uma maquiagem sutil e discreta pintava minha pele, o colar de diamantes ostensivo adornava meu pescoço e minha coluna estava rígida, incapacitada de qualquer erro. O vestido justo agarrado ao meu corpo e com mangas compridas, era tão apertado que me sufocava e os saltos de dez centímetros, no mínimo um número menor que o meu, esmagavam meus pés com o mesmo ódio que Dawson gostaria de fazer com a minha garganta.

Nada disso era perceptível na imagem que eu encarava e vê-la, causava-me completa repulsa. Eu não era nada além de Angelina Voight, a esposa *del*e e este, era o pior fim que eu poderia ter.

Depois que os hematomas foram camuflados por riqueza e maquiagem, isto era a única coisa que restava. A mulher desprezível que se tornou presa de um monstro.

Se minha mãe pudesse me ver agora, ela choraria por mim. E saber que ela não está mais aqui para presenciar o declínio da minha vida, me conforta. Essa foi a única coisa boa que esses seis anos puderam me dar.

Pelos cinco anos que minha mãe viveu, sua vida foi feliz acreditando na mentira.

Um leve toque à porta interrompe meus pensamentos por um momento. Aliso minhas mãos suadas pelo tecido do vestido, ignorando a rigidez dos meus ossos e consigo dizer com a voz trêmula:

— Entre.

Marta, a funcionária silenciosa vestida em seu habitual uniforme azul-marinho, aparece para informar que Dawson já estava pronto e me esperando no andar debaixo. Agradeci brevemente com um sorriso educado e ela emite um olhar enigmático em minha direção, antes de caminhar até mim com cautela.

Apreensiva, fixei meus olhos na porta, com medo de que alguém pudesse entrar e nos ver, lutando para não entrar em pânico.

— Está feito... — Sua voz era um sussurro tão baixo que quase não consegui entender. — Enviei o pacote para o endereço que pediu. E-eu espero que isso possa te ajudar.

Sentindo um pico de nervosismo abalar todo meu sistema, seguro suas mãos nas minhas.

— Muito obrigada, muito obrigada. Eu nunca vou ser capaz de te pagar por...

— Não. — Ela balança a cabeça e então abaixa os olhos para nossas mãos unidas, seus dedos pequenos se soltam dos meus e envolvem ao redor dos meus pulsos.

O tecido do vestido, que se estende por todo meu braço, quase consegue esconder as marcas arroxeadas ao redor da minha pele.

Imagens de como aquelas marcas vieram parar ali invadem minhas lembranças.

Meus pulsos amarrados, as mãos dele tocando meu corpo, suas ameaças sussurradas, promessas de tomar aquilo que ele nunca teve o desejo de possuir, até então. A dor e o terror. Meus gritos desesperados. O medo pungente que me dominava.

Fecho os meus olhos, prometendo a mim mesma que aquela foi a primeira e a última vez. Nunca mais deixarei este homem me tocar.

— Não preciso de pagamento algum, senhora. Só espero que se livre *dele.*

Logo que me encontrou na beira da estrada algumas semanas atrás, Dawson fez o possível para transformar o inferno que eu já vivia em algo ainda pior. Estava mais do que certa quando pensei que meu desafio teria consequências. Foram dias sombrios que eu não gostava nem mesmo de pensar, meu corpo e minha mente eram a únicas testemunhas do que aconteceu dentro das paredes de sua cobertura em Nova York, para onde ele me trouxe.

Desde aquele fato, estou aprisionada neste apartamento sem ver ninguém além dele e alguns poucos funcionários permitidos. Felizmente, Marta é uma das pessoas de confiança que ele mantém por perto, a mulher silenciosa presenciou por anos o terror que vivi e estava disposta a arriscar a sua vida para me ajudar.

— Obrigada, Marta. Nunca serei capaz de agradecer, por tudo que fez. — Engulo em seco, pensando que o último passo foi tomado.

Agora que as sujeiras dele estão nas mãos certas, vou conquistar a minha liberdade, não importa o custo. Mantendo meu pescoço firme, saio do quarto e desço as escadas, pela primeira vez em muito tempo, me sentindo vitoriosa. Meu coração martela com força em minha caixa torácica e tento não vacilar sob o olhar frio que me acompanha.

Ao alcançar o último degrau, vejo-o caminhar em minha direção. Seus cabelos loiros escuros penteados para trás com todos os fios alinhados e seus olhos azuis emitindo um brilho intenso.

Dawson é um homem alto e bonito, com um corpo atlético magro escondido por trás de seus ternos caros e uma maldade camuflada por seu semblante simpático e sorriso de tirar o fôlego.

Foi isso que me enganou quando nos conhecemos. Anos se passaram, e continuo no mesmo lugar, enroscada em sua armadilha, afundando-me cada vez mais.

Segurando em minhas mãos, ele me posiciona um pouco mais à frente das escadas, para poder me rondar como um animal avaliando sua presa. Minha atenção se fixa em cada mínima reação dele. Eu não vacilo. Eu não desvio o olhar. E não perco o menor movimento de um músculo ou mudança em sua linguagem corporal.

— Você está linda, querida. — Suas palavras doces não combinam com as mãos ruidosas que puxam meu corpo contra o dele. — Tão elegante e bonita.

Acomodando-se em minhas costas, onde não posso prever o que ele irá fazer, sinto-o enfiar o rosto em meu pescoço enquanto inala profundamente o aroma da minha pele. Tenho que lutar para não me afastar de seu toque com nojo, pois isso só me colocaria em mais problemas.

— Vê-la assim, me deixa ainda mais ansioso para prová-la mais tarde... — murmura, empurrando-me para frente. — Finalmente vou descobrir se a vagabunda caipira que tirei da sarjeta tem uma boceta gostosa.

Ondas de dor e humilhação repulsiva enchem minha língua coberta de verdades viscosas e venenosas que engulo como se fossem pedras rasgando minha garganta.

Naquele momento, desejo mais que tudo poder cuspir em sua cara e dizer o quão nojento ele verdadeiramente é, e que apenas a ideia dele me tocar, me faz desejar a morte. No entanto, nenhuma palavra sai da minha boca.

Conhecendo o peso de seus golpes, silêncio se tornou uma das minhas maiores armas.

— Preciso dizer que terei homens de olho em você durante toda a noite e qualquer gracinha, qualquer deslize, se arrependerá?

— Não. — Minha voz é apenas um sussurro fraco em resposta.

— Bom, então vamos *anjo*. — Suas mãos se fecham em minha nuca, seu hálito quente atinge o lóbulo da minha orelha assim como suas palavras — Antes o dever, depois a diversão. Quando voltarmos para casa, recomeçamos. Nossa brincadeira está ficando divertida, já que você escolheu o caminho do silêncio e quer manter o seu segredo... Nada melhor do que aproveitar, não é mesmo?

Ele parece confiante, sorrindo para mim com uma arrogância que me enoja. Acho que ele nunca imaginou que eu aguentaria suas torturas por tanto tempo.

Posso ver a paciência se esgotando no fundo de seus olhos e os planos diabólicos fervendo em seu cérebro.

Quando voltarmos para casa, o pesadelo irá recomeçar.

Portanto, estou determinada.

Não haverá volta para casa.

CAPÍTULO 11

Anthony

VAZIO E RAIVOSO

Suor escorre pelo meu corpo enquanto sinto a adrenalina agitar minhas veias, trazendo a sensação familiar e necessária em uma escala lenta. Saltando um pé atrás do outro, ensaio os golpes no ar antes de acertar o saco de pancadas com uma raiva que ninguém poderia entender.

Minhas mãos envoltas com várias camadas de gaze começam a formigar e a pele abaixo delas protesta conforme os socos ficam mais pesados e rápidos. Ainda assim, não é suficiente. *Nunca vai ser.*

No dia a dia, as pessoas me chamam de equilibrado.

Sou muito bem pago para pensar com frieza e resolver problemas. Minha conta bancária não está milionária atoa. Quando indivíduos importantes e cheios de dinheiro procuram por um advogado capaz de tirá-los da lama a qualquer custo, eu sou o melhor que podem encontrar.

Minha impassibilidade, competência e profissionalismo já salvaram o pescoço de muitos nomes. Minha lista de clientes cresce a cada dia e, a cada segundo, minha fortuna aumenta, mas... Nem todos são capazes de enxergar o que escondo dentro de mim.

A raiva tem me governado há tanto tempo que às vezes sinto como se fosse difícil respirar. Seis anos atrás, uma tempestade se alastrou em meu interior. Com o tempo, acreditei que seria capaz de controlá-la, porém a cada dia que passa, a sensação é que basta um pequeno impacto para que tudo exploda.

Sentindo meu peito queimar, afasto-me do saco com rapidez, batendo as costas contra as bordas do ringue em que estou treinando. Controlando meu estômago revolto para impedir de vomitar em meus próprios pés, permaneço abaixado até enxergar, pela minha visão periférica, uma mão amiga me estendendo uma garrafa de água.

— Beba antes que desmaie. — A voz de Eros Novak, um dos poucos amigos que tenho, soa ao meu lado em um tom irritado — Você nunca sabe a hora de parar, não é mesmo, imbecil?

Saber, eu até sei, só não me importo.

A contragosto engulo alguns goles e espero até minha respiração se controlar e a queimação em meu peito desaparecer.

Eros pula dentro do cage e estaciona seu corpo ao meu lado. Desde que se mudou oficialmente para sua mansão em Los Angeles, pouco nos vimos. A vida era mais agitada e divertida para nós quando ele era solteiro.

— Então mesmo que eu tenha viajado até Nova York só para te entregar a porra do convite, ainda assim, você realmente não vai ao meu casamento? — O simples som da palavra *casamento* me causava arrepios.

— Ao terceiro? — bufei. — Não, muito obrigado. Ainda mais que todos eles foram com a *mesma* mulher.

— Ei, é o que um homem faz quando ama a sua esposa! — exclamou, como se fosse óbvio. — Além disso, o primeiro não valeu de nada, você sabe, com toda a palhaçada de casamento por contrato e o segundo foi na Grécia, para os meus pais, agora...

— Agora? — questiono arqueando a sobrancelha, tentando encontrar alguma explicação plausível para tal absurdo.

Eros se casou no ano passado com a herdeira Eliza Baumann. Foi um momento um tanto quanto conturbado para todos já que o casamento deles não começou do modo mais convencional e sim, como um acordo bilionário e contrato de negócio.

Para ser sincero, nunca imaginei que aquilo podia dar certo. Desde o primeiro dia quando ele me contou sobre o tal pedido que o homem que ele considerava como pai fizera em seu leito de morte, o condenando ao compromisso com uma mulher, até então, desconhecida, nunca passou pela minha cabeça que o meu amigo que odiava a palavra "casamento" tanto quanto eu, acabaria se apaixonando.

Hoje, Eros Novak, o antigo *bilionário do coração de gelo*, é um pai de família perdidamente apaixonado por sua esposa.

— Agora ela acabou de dar à luz a minha filha em um parto de vinte e duas horas e merece. Foda-se! — justificou.

Olho para seu rosto controlando a minha vontade de gargalhar e seus olhos azuis atingem um tom mais frio.

— Eliza conseguiu mesmo te domesticar, não é? — Dou um soco em seu braço. — Vou sentir falta das nossas noitadas meu amigo.

Ele acerta o soco de volta ao invés de responder, e eu agarro seu pescoço em uma chave de braço nos levando a uma verdadeira luta.

Éramos jovens, raivosos e famintos por poder quando nos conhecemos. Eros foi um dos primeiros clientes que recebi na firma que trabalhei como associado. Tanto ele, quanto eu, estávamos nadando em meio a um tanque de tubarões buscando por um espaço nessa selva de pedra cheia de abutres naquela época e juntos fizemos muitos imbecis que se achavam donos do mundo tremer.

Rapidamente, o bilionário se tornou um homem de confiança em minha vida tanto quanto Zade e Dallas eram, e isso não é pouco coisa considerando o fato de que eu não confio em muitas pessoas.

— O dia que uma mulher capturar seu coração e fazê-lo perceber como a vida de casado é boa, nós conversamos novamente.

Eu ri. Alto.

— Isso nunca vai acontecer.

— Como tem tanta certeza? — Com suor escorrendo por seu rosto e os cabelos loiros bagunçados, questionou, arqueando a sobrancelha enquanto circulávamos em torno do cage.

Porque a única capaz disso já carrega o sobrenome e aliança de outro homem, pensei, perdendo meu foco por um momento que ele usou para me derrubar no chão com uma rasteira.

Bufando, saltei para meus pés e sequei o rosto com uma toalha, pendurando à minha nuca em seguida.

— Apenas tenho.

Com um olhar que me dizia não acreditar em minhas palavras, perguntou:

— Quais planos para esta noite? A companheira de cama escolhida já está te esperando?

— É muito cedo para isso — murmurei em análise, olhando para o relógio em meu pulso que contava os batimentos cardíacos. — Mal chegamos ao meio da tarde. Além do mais, tenho um compromisso de trabalho hoje, um evento importante que um dos meus clientes estará presente.

— E desde quando você vai nessas coisas?

— Desde quando colocam milhões em minha conta para isso.

Eros deixa escapar uma risada, fala mais algumas coisas sobre sua magnifica vida de casado para meu completo horror e de lá, saímos para um breve café antes que eu volte para o escritório.

À noite, naquele mesmo dia, trabalhei até tarde nos casos que precisavam da minha atenção. Afogado em uma pilha de papéis, as horas passaram voando conforme os flocos de neve caiam fortes do lado de fora mostrando a rotineira face fria e implacável do inverno de Nova York.

Se anos atrás, alguém tivesse me parado e dito que esta seria minha vida hoje, eu teria rido, pois nunca me imaginei ou sonhei com esse mundo. Até hoje, não sei ao certo quando as coisas tomaram o rumo que tomaram, se, na fatídica noite do incêndio onde tudo mudou para mim e meus amigos e começamos a carregar aquele maldito segredo, ou quando meu pai morreu deixando nos ombros de um garoto de dezessete anos a responsabilidade de cuidar de uma casa.

No fundo, a realidade triste é que não importa. O passado não tem conserto. Não há um botão capaz de nos levar de volta no tempo para fazer tudo diferente. O que está feito, está feito e a vida simplesmente continua.

Este lugar agitado e ao mesmo tempo solitário se tornou a minha única casa, não mais o cheiro de flores e terra. Troquei o jeans e as botas por um terno Armani e as costas de um cavalo pelo banco de couro do meu Porsche.

Está é a minha vida, vivendo em um mundo onde tenho tudo e, ainda assim, me sinto *vazio e raivoso.*

Com os pensamentos a mil, meus olhos se desviam em direção a fotografia sobre a minha mesa. Nela, estávamos Angel e eu sobre um cavalo em frente a cabana no campo de girassóis. *A nossa cabana.* Seus cabelos loiros longos meramente escondidos pelo chapéu que usava, a sombra do pôr do sol camuflando o mar azul que ela carregava naqueles olhos.

A força do hábito já criara raízes em minha existência. Não importa o quanto eu tentasse não pensar nela, todos os dias, se me sobrasse tempo, entre os milhões de coisas que eu fazia para ocupar a minha cabeça, o destino era certo, sempre seria ela.

Embora nosso fim tenha acontecido meses depois, a verdade, é que a deixei naquela cabana. Quebrei seu coração e esmaguei qualquer esperança para nós depois daquele dia. E eu não podia nem mesmo justificar o que tive de fazer com o segredo que carregava. O arrependimento de não ter lutado por ela, mesmo quando o problema com Gabriel Castiello se "resolveu", será um peso que vou carregar por toda vida.

Assisti seu casamento escondido, vi o momento em que ela se casou com outro homem e continuei consumindo os poucos pedaços de sua vida à distância por um tempo, como se aquilo fosse capaz de apagar a dor de perdê-la.

Ela parecia feliz com seu marido e sua família. Viajou o mundo com sua mãe, ficou ainda mais bonita e estava vivendo. Aquilo me assustou. Eu ainda era muito jovem na época, e muito egoísta acreditando que ela não poderia ser feliz com ninguém mais além de mim.

Em segredo, desejei que seu casamento fracasse, quando o único fracassado em toda essa história era eu.

Após muitas e muitas noites de bebedeira comigo mesmo, entendi que o melhor que eu podia fazer era manter as coisas como estavam. Se seu casamento estava durando, tinha um motivo; *aquele homem a merecia.*

Depois desta decisão, nunca mais procurei saber sobre sua vida ou paradeiro.

Embora a dor em meu coração tivesse diminuído com o passar do tempo, me permitindo respirar, às vezes ainda podia aumentar para uma dor insuportável.

Ela era a peça que faltava. Eu sempre soube.

A única coisa que me faltava e, a única que eu nunca poderia ter.

Com uma batida à porta, meus pensamentos se afastam do passado e vejo minha assistente entrar.

— Aqui está, Sr. Cahill. — Mais uma pilha de papéis é deixada sobre a mesa e resmungo algo ininteligível para mim mesmo.

— Obrigado — agradeço, apertando os dedos contra meus olhos.

— Já está tarde — Jennifer reflete, ainda parada no mesmo lugar diante da minha mesa. — Se for ficar por mais tempo, posso providenciar um café ou uma bebida para tomarmos juntos. E te ajudo no que precisar...

Desviando os olhos de um dos documentos que peguei para ler, foco a minha atenção na morena.

Jennifer trabalha para mim há muito tempo. Não sou fã de misturar minhas relações com trabalho, mas vez ou outra, quando o tesão fala mais alto que meu cérebro, acaba acontecendo.

Ela sabe muito bem disso, já havíamos experimentado boas noites de diversão nesta mesma sala, com ela nua sobre minha mesa e meu pau metendo fundo em sua boceta quente.

Esta noite, no entanto, eu não estou a fim de nenhuma brincadeira.

— Não será necessário, tenho um compromisso em algumas horas. Você está dispensada.

— Tudo bem, Sr. Cahill. Tenha uma boa noite.

Pouca conversa, descomplicada e fácil de dispensar, este era o único tipo feminino que eu permitia em minha vida. Aquelas que aqueciam a minha cama, mas nunca ousavam chegar perto do meu coração, porque esse, sempre teria dona.

Cego pelos flashes das câmeras, observando o mar de repórteres, assisto de longe enquanto Henry Johnson, meu cliente, dá sua declaração. As mentiras escapando de sua boca com uma naturalidade surpreendente.

Cada palavra exatamente como havíamos ensaiado.

Sua empresa do ramo de exportações recentemente se envolveu em escândalo, o que estavam especulando era uma possível aliança com alguns membros do governo que colaboravam com o contrabando no continente americano.

Era um caso complicado considerando que Henry era um bilionário sujo e atolado em merda até o pescoço. Eu lidava com muitos filhos da puta no dia a dia, o suficiente para reconhecer um mentiroso a quilômetros de distância, por isso, quando ele tentou me contratar, alegando sua inocência, minha primeira resposta foi não.

Não precisava de seu dinheiro e muito menos queria a dor de cabeça que ele havia se metido enfiada em minha bunda, no entanto, acabei dando o braço a torcer por seu filho, Mark, que era um antigo conhecido.

Espero não me arrepender disso.

As perguntas duram mais alguns minutos e felizmente, Henry se esquiva de todas com maestria.

— E então, como fui? — O homem de cabelos grisalhos se aproxima de mim depois de conseguir escapar da multidão e pergunta com a voz baixa, para que apenas eu possa ouvir.

— Excelente. Isso irá manter a imprensa longe por tempo suficiente para que possamos resolver o resto de forma legal. Desde que encontremos as provas necessárias, tudo ficará sob controle.

Ele concorda silenciosamente, com um olhar vago e agradece por eu ter livrado seu pescoço, pelo menos por agora.

— Só tente não fazer nenhuma besteira, Sr. Jonhson. Ou, como falei antes, estarei fora disso e você, ficará sozinho para resolver toda a merda.

— Meu filho me alertou que você era um homem direto, meu jovem, só não pensei que fosse tanto.

Eu sorrio, dando alguns tapinhas em suas costas.

— Mark é um homem inteligente.

Nós trocamos mais algumas palavras até Henry ser chamado para uma conversa que prefiro ficar de fora. Minha tolerância e paciência para babacas esta noite está um pouco limitada.

Pego uma taça de champanhe depois que fico sozinho e dou uma volta no ambiente. Por hoje, meu trabalho está cumprido.

Não pretendia gastar a minha noite de sexta aqui e foi ainda mais rápido do que imaginei. Uma visita em uma das boates que frequento talvez leve embora a chuva de pensamentos que me atormentaram o dia inteiro.

De longe, vejo Henry em uma roda conversando com alguns homens. A maioria, empresários como ele, ou políticos. Eu reconheço de longe alguns rostos.

Um deles, um homem loiro e alto vestindo um terno escuro chama minha atenção. O rosto dele era familiar, mas o nome não vinha a minha mente.

O que era estranho, porque eu sempre guardava nomes com facilidade.

Uma sensação incomoda se aloja em meu peito, como se aquele rosto me trouxesse memórias desconfortáveis.

Decido me aproximar, para fazer a pontada de curiosidade esquisita ir embora, mas não preciso nem mesmo de três passos em direção ao grupo para me lembrar.

Como pude esquecer?

Aquele é *Dawson Voigth.* O marido de Angelina.

Meus batimentos cardíacos aceleram, minha pele fica fria e os pensamentos correm de maneira frenética.

Se ele está aqui, isso significa que...

— Porra!

CAPÍTULO 12

Angelina

BONITO. INTRIGANTE. PERIGOSO

— Bem-vindos, Sr. e Sra. Voight. Que bom que vieram!

— Obrigado! — Com um sorriso caloroso, Dawson responde por nós dois a um homem de meia idade que vem nos cumprimentar assim que chegamos.

Sua mão segura a minha com tanta força que posso sentir meus ossos rangendo. Um de seus assessores, que está ao seu lado, murmura algo baixinho, apontando para um dos pontos do outro lado da festa, e só então ele me deixa livre. A sensação, quando seu toque se afasta do meu, é como se eu pudesse finalmente respirar.

Não perca o controle Angelina, não perca o controle.

Procuro me acalmar debatendo comigo mesma. Por todo o caminho desde o apartamento até nosso destino, o nervosismo e ansiedade dormentes dentro de mim começaram a surgir de forma violenta.

Preciso urgente encontrar algum equilíbrio antes que estrague tudo.

Esta noite é sobre foco e paciência.

Meus olhos observam o ambiente. Mesmo sem qualquer esclarecimento sobre qual tipo de celebração estamos, suponho que seja mais um evento político dos milhares que já frequentamos nos últimos anos.

O salão está lotado, a atmosfera elegante do amplo espaço com teto alto que acentua ainda mais a sensação de grandeza. As paredes são decoradas com belos painéis de espelho que refletem sob o brilho da lua e criam um efeito luminoso combinando com as janelas do chão ao teto que oferecem uma vista deslumbrante da cidade de Nova York.

Inúmeros rostos conhecidos passam por mim.

Cumprindo meu papel, sorrio para uma ou duas pessoas que se aproximam, troco meia dúzia de palavras com alguns jornalistas que depois de conversarem com Dawson, querem uma declaração de sua esposa. As respostas saindo da minha boca no automático, como se já estivessem em meu sistema operacional armazenadas.

Meus pés estão me matando, o nervosismo vibrando através da minha pele. Eu corro minha atenção, focada em encontrar alguma brecha que me permita escapar e meus batimentos aceleram ainda mais percebendo que minhas opções são quase inexistentes. Seus homens estão espalhados por toda parte.

Não faço ideia de quando ou se estarei fora das paredes daquele apartamento novamente e assim que a bomba explodir, preciso estar bem longe.

Enquanto uma onda de tontura se apodera de mim, dou um passo vacilante ao ser conduzida em outra direção por ele, sem qualquer aviso. Para não tropeçar e causar uma cena, seguro firmemente em seu braço, mas estremeço ao sentir seu olhar gelado me fuzilando de canto.

— Preste atenção! — Sua voz murmura, irritada, em um tom muito baixo, fazendo-me soltar seu braço no mesmo instante.

— Desculpe — respondo apressadamente.

Dawson me encara, notando alguma coisa que me deixa desconfortável, então desvio os olhos, evitando seu olhar penetrante. Subitamente, ele engancha um dedo embaixo do meu queixo e levanta meu olhar para o dele, enquanto seu polegar escova ao longo da minha mandíbula.

— Você parece nervosa, querida... — Seus olhos me prendem de tal forma que sinto o mundo ao nosso redor paralisar. — Espero que nenhuma ideia estúpida esteja passando por sua cabecinha.

Agitando minha cabeça nervosamente, apresso-me em responder:

— Não, não é nada disso.

Estreitando os olhos, ele continua me avaliando como se não acreditasse em minha palavra.

— Só fiquei um pouco tonta — justifico, buscando uma desculpa para o meu comportamento — Posso ir ao banheiro?

Ele parece ponderar por um momento antes de finalmente assentir, permitindo que eu me afaste dele. Com passos trêmulos, caminho para longe, tentando ao máximo não demonstrar a confusão e o turbilhão de emoções que se agitam dentro de mim.

No espaço elegante do banheiro feminino, lavo o rosto com água fria e uso os poucos minutos que tenho para reformular tudo.

Marta me garantiu que o pen drive com as provas incriminatórias contra Dawson foi entregue a polícia. Com tudo que juntei, espero que sua queda acontecesse de forma rápida, mas, não posso esperar até que esse momento chegue.

Preciso fugir.

Termino de me secar e saio com a mente fervendo. Um dos seguranças de Dawson, assim como imaginei, me esperava à porta. Fazendo o caminho de volta, paro alguns metros de distância para observar meu marido. A empolgação em seu rosto enquanto conversa despreocupadamente em uma roda de homens embrulha meu estômago novamente.

Olhando por cima do ombro, percebo que o homem dele continua me seguindo e decidindo despistá-lo, escolho um caminho na direção oposta, passando entre rodas lotadas de pessoas, pedindo desculpas enquanto esquivo delas.

Ando sem rumo, apenas para irritá-lo e distraí-lo até que, para minha sorte, em meu zig-zag pelo salão, o segurança esbarra em uma mulher e derruba uma taça de bebida sobre seu vestido, causando uma cena que toma alguns segundos de sua atenção.

Aproveitando essa oportunidade, consigo escapar para o lado de fora. No pátio arborizado que remete a um jardim inglês, tomo um fôlego, precisando daquele momento para reunir forças. O ar fresco e o ambiente tranquilo ajudam a acalmar a meus pensamentos.

Meus braços se encolhem, alisando os ombros para aplacar o frio e o desespero, então olho para cima, contemplando o céu escuro, a lua cheia no alto da minha cabeça, enquanto imploro por um milagre.

— Por favor... — sussurro, buscando alguma resposta.

De repente, um calafrio que nada tinha a ver com o ar gélido da noite percorre minha espinha e sinto uma forte presença às minhas costas.

— Raio de sol... — *Aquela voz.* Aquela maldita voz.

Meus batimentos disparam. A pele fica fria, e minhas pernas quase perdem a força.

Não pode ser.

Um magnetismo familiar me tenta a virar em sua direção, mas o medo de que minha mente estivesse finalmente se perdendo em alucinações me mantém paralisada, sem coragem de encarar quem quer que esteja ali.

Fecho os olhos, dizendo a mim mesma que é uma completa loucura da minha cabeça ele estar aqui, porém quando sinto um toque em meu ombro e um cheiro familiar entra no meu sistema, tudo desaba.

Anthony.

O nome surge em minha mente cansada, evocando memórias das nossas risadas, as noites no bar do Loney, de nossos corpos unidos na cabana, dos sonhos que desenhamos juntos. No entanto, rapidamente, essas lembranças murcham e se tornam negras, como se alguém tivesse queimado minhas asas.

Eu me lembro porque proibi minha própria mente de pensar nele; *porque ainda dói*.

Oito anos se passaram desde o dia em que ele olhou no fundo dos meus olhos e destruiu meu coração. E, mesmo que eu não me permitisse lembrar sobre aquela manhã, vivo os vestígios a cada segundo.

Como se o caos que ele me deixou, nunca tivesse cessado.

Virando-me lentamente, encontro aqueles olhos escuros e sou assaltada pela sensação quente que não sinto há anos. Como se meu coração incendiasse lentamente. Seus ombros fortes parecem ainda mais largos do que me lembro. Um terno caro, perfeitamente cortado, preenchendo toda a extensão de seu 1,90m. A barba mais espessa do que quando ele era jovem, desenhada sobre o rosto marcado de um homem imponente.

Bonito. Intrigante. Perigoso.

Tudo o que mais me apavora.

— Fique longe de mim.

CAPÍTULO 13

Anthony

BESTA IRRACIONAL

Oito anos se passaram. Oito malditos, dolorosos e sufocantes anos desde o dia em que estive perto dela pela última vez. E a sensação ainda é a mesma, muito parecida com o princípio de um ataque cardíaco que eu sentia cada vez que ela chegava. Peito dolorido, suor frio, tontura e o sentimento de que minha vida está por um fio, e só ela tem a porra da cura.

Eu nunca me esqueceria daqueles olhos, azul oceano, como as águas do Caribe refletindo um céu cristalino. Fantasiei encontrá-los novamente durante tanto tempo. Bêbado ao lado de uma garrafa vazia de Jack Danlels, sóbrio olhando para as fotos do nosso passado, no mundo dos sonhos. Ansiei por esse dia de inúmeras formas e ainda assim, a emoção não chegava nem mesmo perto da realidade.

Meu coração parecia um barco em alto mar, balançando entre lembranças intensas e saudades avassaladoras. Todos os beijos que dei para preencher aquele vazio, todas as bocas ou corpos que usei para tentar suportar a falta dela, se desintegraram em minha cabeça.

No *meu* mundo, naquele instante, só existia ela.

— Angelina... — falo, hipnotizado, fazendo seu nome sair quase como um lamento.

Eu estou tão desesperado, tão tentado a me aproximar que mal noto quando meu corpo se aproxima. É como se meus neurônios tivessem desligado no momento em que a vi.

— Fique longe de mim! — repete, dando um passo para trás como se a ideia de estar em minha presença a enojasse.

Naquele segundo, a realidade da minha estupidez elucida em meus sentidos.

Meu corpo paralisa, meus ossos rangem.

A impaciência sempre foi minha maior inimiga.

Que ideia idiota. Que ideia idiota, porra!

Eu deveria ter virado as costas e ido embora no minuto em que vi seu marido. *Seu. Marido!*

Minha garganta fica seca quando me preparo para me desculpar, virar as costas e sair, rezando para que ela esqueça que nos encontramos. Mas quando ela levanta suas mãos e passa sobre seu rosto, em uma atitude cansada, meus olhos atentos se prendem a marcas estampadas em sua pele.

Leva alguns segundos para que a informação seja processada pelo meu sistema, como se o choque me fizesse travar.

As mangas longas de seu vestido quase conseguem esconder, mas não o suficiente.

Alguém a machucou? Ela está em perigo?

Uma besta irracional surge dentro de mim, totalmente capturada por essas perguntas, necessitando de respostas desesperadamente.

— O que aconteceu? Quem fez isso com você? — Sem me importar mais com a porra das desculpas ou com a mágoa dela, chego perto e seguro seus pulsos entre minhas mãos, abaixando-os para ver a pele marcada com mais clareza.

Ela luta contra mim, puxando com força suficiente para se livrar do meu toque.

— O que pensa que está fazendo? — Quase grita, com um olhar enfurecido. — Não me toque! Eu quero você longe de mim.

Segurando-a pelos ombros, trago seu corpo contra o meu e a seguro, impedindo-a de escapar.

Não antes de me responder!

Nossos olhos se chocam e o que encontro no fundo daquele mar oceânico pelo qual sonhei ser capaz de me afogar revira meu estômago.

A sensação é como se alguém tivesse me agarrado pelo saco e puxado minhas bolas.

Tanta dor.

Tanta solidão e medo...

O brilho alegre que minha Angel sempre teve, a luz de determinação que eu conhecia estava apagada, completamente apagada.

Como se sua alma estivesse trancafiada e gritando por socorro.

— Quem te machucou?

Uma risada amarga expande seu peito e ela me fuzila com um olhar mortal.

— Por que você se importa?

Enquanto seus olhos se fixam aos meus, percebo o rancor e o cansaço escondidos lá também. Uma mistura de sentimentos amargos e sombrios.

— Eu me importo, Angelina. Mesmo que você não acredite, eu me importo. A pessoa que eu fui no passado pode ser apenas o filho da puta que quebrou seu coração, mas este filho da puta aqui, não pode ignorar o fato de que um dia você foi alguém especial para mim. E ver você machucada me machuca também. Deixe-me consertar...

As palavras saem carregadas de sinceridade, e uma parte dela parece amolecer diante do que ouve. Ainda assim, a resistência persiste, e ela tenta se libertar do meu toque novamente, interrompendo-me.

— Não preciso de você parar consertar nada. Vá embora, Anthony!

— Não me peça isso... — imploro. Meus dedos deslizam por seus ombros, descendo até alcançar a suavidade de seus pulsos, acariciando-a. — Não posso sobreviver com o pensamento de que algo aconteceu com você, só me diga quem te machucou, eu cuidarei do resto.

Ela sorri, com desgosto.

— Você continua um excelente mentiroso. Eu poderia muito bem acreditar em suas palavras. Se parece muito com aquelas besteiras que você dizia... que me amava, que faria tudo por mim e então, fodeu outra na minha frente.

Jesus Cristo.

Meus olhos se fecham com o pesar que suas palavras me causam.

Se ela ao menos fizesse ideia.

Se ela ao menos soubesse que nunca desejei estar com *ninguém* além dela.

Eu a encaro novamente, com a sensação de que meu coração está sendo esmagado.

— Angel, eu posso explicar. Há muitas coisas que você não sabe sobre aquela época. Deixe-me...

— Não! — protesta, inflexiva. — Eu não quero ouvir nada de você. Isso acabou. Eu sou uma mulher casada agora. Deixe-me em paz.

Suas palavras me cortam como uma faca afiada. Eu abro a boca para responder, mas somos interrompidos.

— Quem diabos é você? — Uma voz fria grunhe a distância. — Tire as mãos da minha esposa.

Dawson emerge das sombras, com o olhar fixo em minhas mãos sobre ela e uma expressão mortal em seu rosto.

Cerro meus dentes observando o filho da puta se aproximar e num único olhar, já sei que o odeio. Seu nariz empinado e ar superior me permitem ler sua personalidade com uma facilidade incrível.

Lido com imbecis como esse o tempo todo, aqueles que acreditam que dinheiro e poder podem controlar tudo e todos ao seu redor.

— Solte-me — ela pede mais uma vez, elevando o queixo para esconder o medo no fundo de seus olhos.

Meus dedos lutam para obedecer, mesmo com a voz gritando em minha mente para não o fazer. Eu pondero as minhas opções, tentando ao máximo ser racional e quando vejo mais homens cruzando as portas que levam ao jardim, provavelmente os seguranças dele, sei que não tenho outra escolha.

Fazer um escândalo em um lugar como esse, seria uma dor na bunda e com pessoas como Dawson Voight, não é assim que devo lidar.

— Venha, Angelina. Nós estamos de saída.

Ela se move mais uma vez, com algo diferente em sua expressão, uma súplica silenciosa quase como um pedido de socorro, que faz meus dedos afrouxarem. Sinto o momento em que perco a proximidade de sua pele, e meu coração sangra.

Eu encaro o homem atrás dela, que sorri quando Angel segura sua mão e quase perco minha cabeça.

Seus dentes brancos refletem na penumbra da noite, com pura satisfação. Como se dissesse: *ela é minha*.

Coloco as mãos no bolso, observando-os sair, para me impedir de realinhar sua estrutura óssea facial ali mesmo.

Esse babaca não sabe de nada.

Vou descobrir que porra está acontecendo e juro por Deus que se esse desgraçado a tocou, irei destruí-lo com minhas próprias mãos.

Com a mente fervendo e um milhão de pensamentos passando por meu cérebro a cada segundo, pego o celular em meu bolso e faço uma ligação.

Do outro lado, leva três toques até a voz de Zade surgir.

— E aí cara?

— Ei, preciso de um favor.

Alguns anos atrás, após uma última implantação ruim, Zade e seu amigo do exército, Hunter, criaram a *King Cross,* uma empresa de segurança privada. De fora, eles se concentravam em fornecer segurança pessoal, resgates e outras missões menores em território americano. No entanto, por dentro, devido às suas conexões com órgãos do governo, também se envolviam em atividades um pouco mais obscuras.

Se alguém podia descobrir qualquer sujeira sobre Dawson, esse alguém, só podia ser Zade.

— Claro! O que aconteceu? Você parece agitado — Zade responde do outro lado da linha. Sua voz branda e contida, como sempre, atento a cada maldito detalhe.

Respiro fundo, tentando acalmar a tempestade de emoções dentro de mim antes de falar.

— Preciso que faça uma busca. Mandarei um nome.

Vou para casa sentindo como se meu peito tivesse sido esmagado por uma marreta.

Quando Angelina partiu com seu marido, logo que voltei para o espaço onde a festa acontecia, não havia mais sinal dela, e uma sensação estranha dominou meu interior.

Algum instinto dentro de mim, gritando que eu não deveria tê-la deixado sozinha.

Tudo aconteceu tão depressa que mal consegui pensar.

O reencontro. O modo como parecia tão frágil e machucada, muito diferente da garota que eu conhecia, aquela que nunca tinha medo de nada e ao mesmo tempo, revê-la como se nada tivesse mudado e minha Angel ainda estivesse lá, mesmo que adormecida.

Chegando a minha cobertura no *Uper East Side*, eu parecia mais como um animal enjaulado, precisando com urgência de libertação do que qualquer outra coisa.

Não conseguia parar de pensar naquele olhar que vi em seus olhos. Não conseguia parar de me lembrar das marcas roxas em seus pulsos. Não conseguia tirar meus pensamentos dela.

Andei de um lado para o outro por horas, perdido em meus próprios pensamentos até receber a ligação de Zade.

— O que você encontrou?

Um extenso tempo de silêncio preencheu meus ouvidos, apenas o leve som de sua respiração abafada do outro lado fazendo um nó se formar em meu estômago.

— O que você encontrou, porra? — repeti com a voz elevada. — Diga alguma coisa!

— *Não é bom cara, não é nem um pouco bom...*

CAPÍTULO 14

Angelina

SALTO NA ESCURIDÃO

— Quem era aquele homem? O que você disse a ele? — pergunta Dawson, com uma mistura de raiva e desconfiança em sua voz.

Encurralada em um canto escondido, com seus seguranças a nossa volta para camuflar a discussão, o olhar furioso nos olhos do meu marido quase me fazem chorar.

Eu puxo algumas respirações, ainda tentando assimilar o que acabou de acontecer. As palavras de Dawson reverberam em minha mente, e eu sei que não posso contar a verdade sobre o encontro com Anthony.

Não existe a menor possibilidade.

Meu primeiro amor. O homem que quebrou meu coração. Dilacerou a minha alma a ponto de que nunca mais existisse volta, mas faz parte do passado que não desejo apagar.

O único resquício de casa e família que me restou, mesmo que eu saiba que jamais poderei voltar.

Dawson nunca fez questão de saber nada sobre meu passado e eu preferia que continuasse assim. Que essa parte feliz da minha vida continuasse guardada como uma espécie de tesouro valioso.

O único homem que amei. O único lugar em que fui feliz.

— O que disse a ele? — Ele aperta a carne do meu braço, empurrando-me contra a parede com um ódio estampado em sua face, muito pior do que qualquer expressão que já presenciei antes.

— N-nada... Eu não disse nada. Só esbarrei com ele. Não sei quem aquele homem é, eu juro! — Minha voz sai trêmula, enquanto busco desesperadamente alguma justificativa que acalme sua fúria.

Aquela foi a primeira desculpa que veio à minha cabeça. Ouvindo a minha própria voz, eu podia notar a mentira nela, e odiava Anthony por me colocar nesta situação. Por que ele tinha que aparecer aqui justo hoje? *Justo agora?!*

Dawson me olha desconfiado por alguns segundos, como se estivesse avaliando a veracidade das minhas palavras.

Cada batida do meu coração parece ecoar no silêncio tenso ao nosso redor. Ele solta meu braço, mas sua expressão continua sombria.

— Espero que esteja falando a verdade, Angelina — ameaça. — Nós vamos falar sobre isso mais tarde. — Ele estala a ponta de sua língua e torce o pescoço para um de seus seguranças que abre o caminho para passarmos.

Eu assinto rapidamente, sentindo um nó no estômago. Meu coração acelera, e eu sei que preciso ser cuidadosa com o que digo e faço a partir de agora.

Com um aperto de morte em minha nuca, me empurra para frente e tropeço em meus próprios pés, quase caindo de cara no chão. Ele me segura firme antes que eu tropece novamente, e gira em direção a saída.

O mundo despedaçado que Anthony deixou em meu coração fica em segundo plano quando noto que algo está errado.

A atmosfera potente de raiva que Dawson exalava ao meu lado, nada tinha a ver com o sentimento de posse, ciúmes ou algo tipo...

— P-para onde estamos indo? — gaguejo, apreensiva.

Enroscando seus dedos na parte de trás da minha cabeça, suas unhas cravam em meu cabelo com firmeza suficiente para me fazer estremecer.

— Cale a boca — rosna como um animal enfurecido. — Cale a porra da boca e coloque a merda de um sorriso no rosto. Estamos saindo daqui.

Minha espinha fica tensa com suas palavras. Fazia pouco mais de uma hora que chegamos, já iriamos sair?

Não. Não. Não.

Eu preciso de tempo. Preciso de tempo!

Fecho os olhos, temendo a derrota. Odiando-me por ter deixado que as coisas tomassem esse caminho. *Eu não posso voltar para casa. Não posso voltar para casa com ele!*

— V-vamos voltar? Já? — Tentando não demonstrar o nervosismo em minha voz, questiono rapidamente, concentrada em acompanhar seus passos.

Minha pergunta é ignorada.

Dawson continua a me arrastar pelo corredor, sem dar qualquer explicação sobre nossos próximos passos. Seu aperto em meu cabelo permanece firme, deixando claro que qualquer resistência minha será punida.

Eu tento falar novamente, procurando ganhar tempo, mas estou aflita demais para que minhas perguntas soem com alguma coerência.

Nada.

Um pico de pânico agita meu sangue quando vejo a porta, e meu corpo fica mole no segundo em que a ultrapassamos.

Do lado de fora, dois carros já nos aguardavam na saída. Antes de entrarmos, vejo quando um dos seguranças entrega uma arma em suas mãos.

Um formigamento sobe minha espinha. Uma pontada de desespero acende dentro de mim, e eu resisto ao impulso de começar a correr, acreditando que uma bala acertaria minha cabeça no segundo passo.

— Vou seguir na frente. Você vá atrás e ligue para o aeroporto. Preciso de um jato particular, mas não em Nova York, vamos embarcar na menor cidade mais próxima daqui. Preciso estar fora de vista o mais rápido possível, antes que tudo exploda.

Ele fala rapidamente, latindo ordens para Andrew, seu assessor, as palavras baixas, mas inflexíveis. Meus pensamentos voam neste momento, tentando entender o que estava acontecendo.

E cada justificativa parecia pior que a outra.

Ainda com a mão em meu pescoço, ele me vira para a porta de sua limusine e empurra meu corpo para dentro.

Meu coração está acelerado, a respiração é entrecortada. Eu sinto um misto de medo e confusão. *O que está acontecendo?*

Para meu horror, leva apenas dois segundos para entender tudo. Sentada contra o couro frio, meus olhos caem para o chão no meio do carro e lá estava um corpo estendido no tapete.

O corpo de Marta.

Olhos vidrados. Um buraco de bala em sua testa.

Morta.

Com meus batimentos disparados, engulo o grito que se aloja em minha garganta e volto para olhar para ele.

Meu monstro. Meu maior pesadelo.

E quando faço, sou atingida por seu punho fechado contra meu rosto num soco tão forte que meu corpo tomba para trás escorregando até o chão, bem ao lado dela.

— *Sua vadia filha da puta, você me entregou à polícia?!*

— Eles virão atrás de você.

Tremendo com absoluto pavor, este foi o único pensamento em minha cabeça que fui capaz de dizer em voz alta. O carro entrou em movimento e minha última gota de esperança murchou.

Do lado de fora, eu podia ver a ponte de Manhattan passando ao nosso redor como um borrão e minhas chances de escapar desaparecendo.

Perdida.

Completamente perdida.

Um riso de insanidade borbulha pelo ar, e Dawson joga a cabeça para trás, rindo como um maldito vilão cinematográfico.

— Você se acha tão esperta, não é mesmo, Angelina? — Ele me agarra pelo cabelo e puxa de volta para que eu sente no banco. — Sinto te informar, querida, mas quando isto acontecer, já estaremos bem longe daqui.

Seu sorriso cruel só aumenta meu medo. Sinto o coração apertado no peito, as mãos suadas, e uma sensação de impotência toma conta de mim. Suas palavras deixam meus músculos flácidos. O brilho de sua loucura dilatando as pupilas só comprova que este é o meu fim.

Ele pega a arma que estava pousada ao lado de sua coxa, segura um punhado do meu cabelo e me puxa para ficar ao seu lado. Um grito escapa da minha garganta quando o pânico que contamina meu sangue chega ao ápice.

Seus dedos deslizam sobre a coronha de borracha, o indicador sobre o gatilho de metal frio, antes de levá-la até o meu rosto. A borda resvalando sobre minha bochecha.

— Se você acha que conheceu o verdadeiro inferno, querida, vou te provar que está errada. Seu inferno começa agora.

— D-dawson... Por favor... — Minhas palavras se perdem quando o cano da pistola entra em minha boca.

Meu coração dispara, e o desespero se intensifica. Estou encurralada, sem saída. Cada pulsar do meu coração ressoa nos meus ouvidos, como um lembrete constante da iminência da morte.

Dawson aperta a arma entre seus dedos com uma expressão sádica, como se estivesse se deleitando com o poder que tem sobre mim.

Seus olhos brilham com uma crueldade fria.

Minhas lágrimas silenciosas se transformam em um choro desesperado.

Eu rezo baixinho por um milagre. Implorando para que minha vida não se extingue assim, de forma tão brutal, porém, descubro que seus planos vão muito além de simplesmente me matar.

— Sabe o que vai acontecer agora? — sussurra forçando a ponta da pistola entre meus lábios sem delicadeza, batendo o metal frio contra meus dentes — Primeiro, iremos fugir dessa bagunça. Vou te levar para um lugar tão distante, que ninguém nunca mais irá te encontrar. E lá, meu doce e puro anjo, vou fazer com que se arrependa do que fez pelo resto de sua vida miserável.

Sua mão livre solta meu cabelo e agarra meu pescoço, sufocando-me contra o banco do carro, cortando todo ar dos meus pulmões.

— Você vai me implorar para morrer todos os dias. Vai ansiar por uma bala na cabeça todas as vezes que abrir esses malditos olhos e ainda assim, te deixarei viva. — Luto contra ele, necessitando de ar para respirar, minhas unhas arranhando e puxando a pele de seu pulso fechado contra meu pescoço como fios de aço. — Não precisarei mais de nenhuma puta para satisfazer as minhas necessidades, porque, a esposa troféu que eu mantive por todo esse tempo intacta, enfim, terá alguma utilidade.

Por favor, Deus, me ajude.

Por favor.

Minha visão vai ficando turva, o mundo começa a girar e vendo seus olhos vermelhos me fitando com tanta maldade, reconheço e sinto a verdade de cada uma de suas palavras.

Eu estou morta. Ao lado desse homem, meu único destino será a morte lenta e dolorosa que ele pintou em sua cabeça.

Quando ele me solta, meu corpo se enrola em uma bola ao lado do banco, tossindo e chorando. Seu joelho acerta minha lateral, me chutando para longe até parar contra a porta.

Fico assim por um longo tempo, esquecida naquele canto, com lágrimas silenciosas escorrendo por minhas bochechas copiosamente.

Perdida em um pesadelo de olhos abertos.

As palavras dele ecoam em minha mente, martelando como um tambor incessante. Ele quer me destruir, quer me ver sofrer, e a terrível realidade é que ele é totalmente capaz disso.

Com este pensamento doentio, uma urgência me puxa para um caminho sombrio.

Levantando-me lentamente, para não chamar tanto sua atenção, volto a me sentar e olho para a janela. A esta altura, já estávamos longe da cidade, numa estrada vazia e escura feito breu.

Nos segundos seguintes, eu não penso.

Apenas reajo.

Puxando a trava, faço tudo em questão de segundos. Giro a maçaneta, abro a porta e pulo do abismo.

Se a morte era meu destino certo, que não fosse pelas mãos dele, sim, das minhas.

Um impacto forte foi a única coisa que senti, além do mundo girando ao meu redor antes de t*udo ficar escuro.*

CAPÍTULO 15

Anthony

MEDO

Filho da puta. Filho da puta. Filho da puta. Filho da p...

Com raiva fervendo em meu sangue, meus dedos se fecharam em torno de uma escultura de vidro que estava sobre a mesa no meio da sala do meu apartamento. Os nós em minhas mãos ficando brancos pela força que eu exercia, e emitindo um rugido de pura fúria, ergui o objeto e o lancei com força contra a parede, fazendo-o se partir em mil pedaços pelo chão.

O som do vidro se quebrando ecoou pelo cômodo, e eu me senti momentaneamente aliviado, mas não durou mais que um milésimo de segundo.

Maldito filho da puta!

— Você precisa se acalmar, cara... — Os olhos escuros de Zade encontraram os meus, seus músculos tensos como se a qualquer momento precisasse me conter.

A calma irritante revestida pela camada de obscuridade que o tornava um maldito homem assustador era uma das coisas que nos fazia muito diferentes.

Enquanto eu sou como um galão de pólvora prestes a explodir, Zade consegue manter a serenidade sob qualquer circunstância, por mais complicada que seja.

Sua habilidade de permanecer calmo é algo que sempre conseguiu me estressar, hoje em especial.

— Não me peça para ter calma, droga. Não me peça para ter calma... Você está aqui, me dizendo que Angelina está casada com um louco do caralho e espera que eu tenha calma.

— Eu disse que encontrei evidências, não provas. Precisamos agir de forma racional. Tenho meus homens procurando por algo concreto.

— Evidências de seu envolvimento em crimes financeiros, tráfico de drogas e um esquema de tráfico sexual, porra, para mim, é concreto o suficiente. Ela pode estar em perigo!

— Acho que encontrei algo... — A voz de Hunter surge da tela do notebook, colocado sobre a mesa.

Zade está terminando um trabalho na cidade, mas assim que liguei e ele usou suas conexões para descobrir a sujeira de Dawson, tratou de me encontrar.

O dia está quase amanhecendo do lado de fora, e ainda me sinto da mesma maneira desde o minuto em que a vi partir.

Minhas emoções eram como um turbilhão de ansiedade e raiva.

Sento-me no sofá, analisando o rosto jovem de Hunter na chamada de vídeo.

— O que você encontrou?

— Um de nossos meninos conseguiu acessar o banco de dados do FBI, aparentemente uma investigação foi aberta contra Dawson, dois outros senadores e cinco empresários na noite passada. A uma série de arquivos incriminatórios, com transações financeiras, conversas, doações políticas enviadas a instituições inexistentes e até mesmo algo sobre queima de arquivo. O cara está enfiado na sujeira até o rabo. Uma equipe de busca e apreensão foi enviada para sua mansão em Washington D.C e outra para uma cobertura localizada em Nova York. Dawson ainda não foi encontrado. O que meu instinto diz é que ele tinha algum informante infiltrado que enviou um aviso para que tivesse tempo de fugir.

— Porra! — Zade cai no sofá ao meu lado como um olhar distante.

— *Preciso encontrar Angel.*

Levou quase dois dias inteiros até que finalmente encontrássemos uma pista sobre Angelina, e durante esse tempo, morri de mil maneiras diferentes a cada minuto.

Utilizei todos os recursos que possuía, todas as conexões e pessoas em quem confiava, disposto a gastar todo o dinheiro necessário para encontrá-la sem a menor negligência.

Porém, mesmo com todos os esforços, Dawson Voight ainda estava desaparecido, e eu me recusava a acreditar ou sequer imaginar que o desgraçado pudesse ter conseguido fugir levando Angel com ele.

A angústia e a determinação se misturavam dentro de mim enquanto no fundo do meu coração mantinha acesa a chama da esperança de que ela havia escapado de suas mãos e estava a salvo em algum lugar.

O escândalo envolvendo figuras do governo e outros nomes importantes do país dominava as manchetes da mídia, mas nada disso importava. O único foco era encontrar Angel, garantir sua segurança e trazê-la de volta.

Foi somente quando minhas esperanças estavam quase esgotando que Zade apareceu com a notícia de que um corpo, com as características dela foi encontrado nas margens de uma rodovia fora da cidade.

Um corpo.

Nós corremos para o pequeno hospital no mesmo minuto que a informação chegou e o pânico que vivi durante o caminho, será algo que eu nunca me esquecerei.

O medo de perdê-la, antes mesmo de ser capaz de curar suas feridas, de dizer que a amo e que ela sempre foi a única em meu coração.

O medo de nunca mais poder olhar naqueles olhos, para revelar que tudo que eu sempre quis foi protegê-la.

O medo de ter falhado na única coisa que eu não poderia.

Eram tantas as divagações, que me levavam a uma realidade sombria que quando entrei no hospital, meu coração já estava em seu limite.

Tudo que eu precisava era vê-la.

Invadi o corredor como um louco, ignorando as vozes que me diziam que eu não podia estar ali.

— Solte-me — grunhi quando alguém tentou me parar. — Onde ela está?! Onde ela está?!

— Senhor, este é um ambiente hospitalar, não pode entrar aqui dessa maneira.

— Eu quero vê-la, droga! Onde ela está?!

A mulher vestida com roupas estéreis estreitou os olhos em minha direção, claramente desaprovando minha atitude, mas eu não me importava.

— Por quem o senhor está procurando?

— Uma mulher. Loira, vinte e poucos anos, olhos azuis, por volta de um e setenta de altura. Ela foi encontrada gravemente ferida a alguns quilômetros daqui e trazida para este hospital — respondeu Zade, contendo sua voz grossa.

A enfermeira me fitou dos pés à cabeça, com uma expressão de poucos amigos.

— E o que você é dela? Não posso deixar que veja qualquer paciente se não tiver um grau de parentesco e...

— Marido — respondi apressadamente, ignorando o olhar estranho que recebi de Zade. — *Ela é minha esposa!*

CAPÍTULO 16

Angelina

Dias depois...

SEU MARIDO

— *Seu marido.*

Ouço o homem de olhos escuros dizer, assim que abro olhos e a expressão em seu rosto me fez começar a tremer.

A escuridão de repente se tornando um abrigo em vez do lugar assustador que me lembrava.

Eu não sabia o que estava acontecendo. Sai da escuridão para encontrar os olhos *dele* ao lado da minha cama.

Inúmeros aparelhos ao meu redor.

Tentei buscar em minha memória, para descobrir como acabei neste lugar, mas não havia nada.

Como é o meu nome? *Por que estou aqui?*

— N-não... Eu não o conheço. — Eu quase não conseguia falar.

Minha voz era rouca e entrecortada como se quilos e quilos de areia seca se acumulassem lá.

— Você sofreu um acidente, Angelina — ele esclarece, como se aquilo fizesse algum sentido. — Suas memórias estão bagunçadas. Os médicos estão fazendo testes há dias enquanto você entra e sai da inconsciência.

O quê? Eu tento me lembrar. Tento encontrar em minha cabeça algum indício de que o que ele está falando é real, porém, não há nada.

— Não — repito, sentindo meus músculos começarem a tremer. — Você está mentindo.

Meu cérebro se sente esmagado dentro de um crânio cheio de cimento e nevoeiro, minha boca ressecada como um deserto, meu coração bate pesado e quebrado.

Não pode ser real.

Eu quero dormir novamente. Fugir desse mundo confuso e assustador,

Os olhos daquele homem continuam me encarando, com uma máscara de preocupação camuflando sua verdadeira face enquanto ele cospe suas mentiras.

— Angel... — Ele se levanta de onde está, chegando perto de mim e minha primeira reação é automática.

Fuja.

Grito quando ele tenta me tocar. O medo me sufocando a ponto de faltar o ar em meus pulmões.

Marido. Marido. Marido.

— E-eu não o conheço, não sei quem você é...

Eu não conseguia respirar. Não posso respirar!

Não é possível. Como ele poderia ser meu marido se eu não me lembrava sequer de seu rosto?

Não.

Preciso sair daqui. Preciso ir para longe dele.

Começo a puxar os fios que me ligavam as máquinas.

— Saia. Saia. Saia! — Eu dou um salto ficando sentada sobre a cama de hospital e logo em seguida caio de volta para baixo.

Minhas costelas rangendo como se dezenas de facas me perfurassem de uma única vez.

— Tome cuidado. Você está machucada. — Ele pousa suas mãos pesadas sobre meus ombros e tenta me impedir de escapar.

Mesmo com a dor, mesmo com o desespero alojado em meu sangue, continuo lutando.

Não posso desistir.

Por alguma razão, a palavra *"marido"* me causa uma espécie de pânico incontrolável.

— Merda, Angel. Acalme-se. — Um olhar torturado passa por seus olhos e eu me encolho novamente.

Uma pontada de familiaridade com alguma parte do meu cérebro quebrado que rapidamente desaparece.

— Não! Não! Saia daqui! — continuo gritando, agitando os braços de forma frenética, na esperança de conseguir escapar.

— Enfermeira! Médico! Alguém, porra! — ele grita enquanto tenta me conter, amaldiçoando uma centena de palavrões por segundo.

Içando-me em uma posição sentada, com os braços fortes e impassíveis, o homem me segura, até que outras pessoas começam a aparecer.

— N-não me machuque... — imploro, quando vejo uma mulher uniformizada administrar algum remédio em uma seringa.

— Faça isso parar. Ajude-a! — Com a respiração descompassada, ele grunhe ao meu ouvido.

— O senhor precisa segurá-la! — a enfermeira ordena chegando perto da minha cama. — Nós vamos a sedar novamente.

O homem me agarra com mais força. Seus braços como fios de aço ao meu redor.

Ele nunca me deixaria ir.

— Vai ficar tudo bem, raio de sol. Eu juro que vai ficar tudo bem.

Eu não acredito nele. As coisas não podem ficar bem.

Nada vai ficar bem.

— V-você está mentindo...

— Sinto muito.

Sinto uma picada em minha lateral, meus músculos ainda lutando, sem poder desistir, mas é mais forte que eu. Olhando para aqueles olhos, ouvindo aquela voz sussurrando mentiras e mais mentiras ao meu ouvido, apago.

CAPÍTULO 17

Angelina

MINHA COISA FAVORITA

Desperto lentamente, e tudo ao meu redor parece distorcido. Um aperto no peito me domina junto de uma sensação de desorientação e temor, como se estivesse flutuando em um limbo desconhecido.

Procuro em minha mente, na tentativa de me situar, mas é como se ela fosse um vácuo.

Completamente vazia.

Gradualmente, os contornos começam a se definir, e percebo que estou no mesmo quarto de hospital.

Minha cabeça dói, como se alguém tivesse me acertado com uma marreta, e meu corpo está pegajoso pelo suor em minhas costas fazendo parecer que acabei de despertar em meio a um pesadelo febril.

As lembranças ainda estão turvas, porém algumas aparecem e com urgência me esforço para conectar os pontos soltos em meu cérebro.

Um leve zumbido ressoa nos meus ouvidos, como se estivesse debaixo d'água, o que só aumenta a dor pulsante em minhas têmporas.

Olho ao redor, tentando encontrar algum indício que me ajude a reconstruir os eventos passados, mas tudo parece muito desconexo.

Lembranças vão surgindo de forma lenta.

São apenas alguns flashes, da mesma cena acontecendo. O esforço que tenho que fazer para entender o mundo ao meu redor, parece mais difícil do que correr uma maratona.

Sofri um acidente. Fiquei em coma por mais de uma semana e tenho ido e voltado da inconsciência desde então, devido aos remédios para controlar o inchaço em meu cérebro que me derrubam como um mata leão.

Meu nome? *Angelina.*

Minha memória além disso? *Está completamente em branco.*

Tenho lutado contra minha própria cabeça, na esperança de trazer alguma coisa de volta, no entanto, a cada vez que tento, apenas imagens desconexas aparecem.

Lembranças da minha infância surgiram. O abraço caloroso da minha mãe — que descobri que faleceu devido ao câncer no ano passado —, imagens de mim, um pouco mais jovem correndo por entre um belo campo de girassóis e... mais nada.

Isso era tudo que eu tinha. Imagens perdidas como um disco rígido danificado.

Tudo está apagado e a única coisa que existe sobre minha vida de forma palpável é ele; *o meu marido.*

Anthony Cahill.

O homem que não saiu do meu lado nem por um minuto.

Com aqueles olhos escuros intensos que parecem atravessar minha alma. Sua voz grossa e ao mesmo tempo suave e reconfortante, como música para meus ouvidos. E uma emoção arrebatadora em cada gesto que me desconcerta.

— Oh, você está acordada! — Uma enfermeira simpática entra pela porta, trazendo consigo uma nova bolsa de soro, seus cabelos ruivos presos em um rabo de cavalo no alto de sua cabeça.

No momento em que tento falar, uma crise de tosse me pega, arranhando minha garganta que está seca como deserto.

— Aqui, tome um pouco de água. — Pacientemente, a mulher me ajuda a beber, colocando um copo com um canudo contra minha boca e o líquido cai como um bálsamo. — Como está se sentindo?

— Com um pouco de dor de cabeça, mas melhor que dá última vez que acordei — respondo com a voz rouca.

A lembrança de ter despertado a primeira vez sem ideia do que estava acontecendo me deixa um pouco ansiosa.

Eu me desesperei e gritei a ponto de precisarem me sedar novamente.

A mão forte de Anthony segurando a minha, dizendo que tudo ficaria bem foi a última coisa que senti antes de cair de volta na completa escuridão. Fazia quase dez dias que isso aconteceu e desde então, cada vez que despertei, ele estava lá para me tranquilizar.

Minhas costelas que estavam trincadas devido ao acidente, estavam começando a melhorar, já não doía tanto respirar. Os hematomas por meu corpo se transformando lentamente de roxo para verde e azul.

Pedi um espelho para uma enfermeira ontem, queria olhar completamente o estrago e ver o rosto dessa mulher sem memórias. Anthony chegou quando eu encarava os olhos azuis através do reflexo, um hematoma roxo quase desaparecendo de um lado, inúmeros arranhões, um corte profundo em minha testa que eles tinham costurado, meu cabelo loiro desbotado e frouxo caindo sobre os ombros.

Eu parecia horrível.

Ainda assim, quando me viu, abriu um enorme sorriso, daqueles que podem fazer o coração disparar e disse: *"Não se preocupe raio de sol, até mesmo do avesso, você continuaria bonita."*

Meus olhos se voltam para a poltrona ao lado da cama, agora vazia.

— O Sr. Cahill teve que sair algumas horas atrás. — Vendo a pergunta não dita em meu rosto a ruiva observa com um sorriso de canto. — Ele disse que voltaria o quanto antes.

— Certo.

— O doutor virá mais tarde para conversar com vocês, está bem?

Assinto, enquanto vejo-a trocar a bolsa de soro e poucos minutos depois ela sai, deixando-me sozinha.

Meus pensamentos flutuam e não leva muito tempo até que os medos voltem como um furacão para me assombrar.

E se ele nunca mais voltar? E se eu ficar aqui, sozinha, com a mente em frangalhos? *O que vou fazer?*

Minha respiração acelera de repente. Meus batimentos escalam e antes que possa perceber, estou buscando por ar, desesperada.

Segurando minha garganta, eu me embolo na cama, sem forças até mesmo para pedir ajuda.

O que vou fazer? O que devo fazer?

— Angel? — Anthony entra no quarto e no mesmo segundo nota minha situação deplorável. — O que aconteceu?

— Eu não me lembro... Eu não... — Segurando a lateral da minha cabeça, repito sem parar. — Não consigo me lembrar. Eu não sei...

Palavras sem sentido escapam por minha boca e me debato, presa em uma realidade completamente assustadora.

— Ei, ei, fique calma. Calma. Respire fundo, está bem? — Suas mãos se fecham sobre as minhas, segurando-me de uma maneira que nossos olhos ficam frente a frente. — Concentre-se em mim, Angel, não entre em pânico. Um, dois, três...

Imitando um exercício de respiração, Anthony busca me acalmar.

E funciona.

Lentamente, minha respiração vai voltando ao normal, os batimentos diminuem e ele sobe ao meu lado na cama de hospital, passando os braços a minha volta.

— Eu só queria me lembrar...

Uma respiração pesada corta em seu peito e me afundo nele um pouco mais, pela primeira vez desde que acordei, buscando conforto na única pessoa que tenho.

— *Eu prometo, raio de sol, prometo a você que tudo ficará bem.*

— Você pode começar a se lembrar de tudo de uma vez, ou elas podem voltar em pequenos fragmentos, como peças aleatórias de um quebra-cabeça.

— Quando? Quando, Dr. Scott?

O homem de cabelos grisalhos deixa os prontuários de lado, elevando seus olhos cinzentos para me encarar.

— Isso é algo complicado de definir, quase impossível, na verdade. Pode ser daqui uma semana, ou daqui alguns meses. Não tem como saber.

— E se... E se elas nãos voltarem? — pergunto com horror.

Anthony, que está de pé ao meu lado da cama, emite um olhar sombrio e meu corpo estremece.

— Traumas cerebrais são uma incógnita, Angelina. Até mesmo para a medicina avançada que temos hoje em dia. Não posso dizer quando, mas garanto que seu corpo irá trabalhar para que tudo aconteça de forma gradativa. Seu caso é um caso comum de amnésia retrógada intensa, onde pedaços de sua vida antes do acidente ficam escondidos em algum lugar dentro da sua cabeça. — Sua voz é tão tranquila explicando tudo que tenho vontade de gritar. — O que recomendo é que assim que tiver alta, volte para casa. Quando estiver em um ambiente tranquilo e familiar o resto, irá acontecer.

Um suspiro de frustação para pôr entre meus lábios e torço meus dedos um no outro, com nervosismo.

Casa.

Ambiente familiar.

Nada disso faz sentido em minha mente. Um futuro tão incerto.

Uma palma mão forte agarra minha mão, impedindo-me de torcer meus ossos até quebrar.

Levantando os olhos, encontro o olhar confiante de Anthony.

— Elas irão voltar. Você vai se lembrar de tudo, Angel.

Existia uma garantia segura em sua voz, uma confiança tão inabalável que apesar do medo que sentia, tornava o fardo um pouco mais fácil.

— Escute seu marido, querida. — Dr. Scott sorri abertamente. — Calma, amor e paciência. Esse é o melhor remédio.

Depois de dizer que eu precisava ser monitorada de perto por mais alguns dias até que o inchaço em meu cérebro fosse testado e observado o doutor finalmente vai embora.

Anthony disse que eu não precisava me cansar pensando no depois, mas, à medida que o tempo passa dentro deste quarto, o fato de que todas as minhas memórias desapareceram torna-se ainda mais desesperador.

Pluft.

Como num passe de mágica, tudo ficou em branco.

— Ei.

Ele chama, tirando-me do lugar sombrio onde estou junto dos meus pensamentos.

Sua voz age como uma luz no fim do túnel, uma âncora que me puxa de volta à realidade, mesmo que por um breve momento.

Uma onda de medo cresce e morre em meu peito, a apreensão em sua presença finalmente acalmando. Conforme os dias foram passando, depois do susto de acordar sem me lembrar de nada e com um homem que dizia ser meu marido ao meu lado da minha cama, estou começando a me acostumar com ele.

Mais do que isso... Sua presença tem despertado emoções em mim que ainda não sei explicar, mas gosto de sentir.

— Não está com fome?

— Da comida de hospital? — Faço uma careta. — Com certeza não.

— É tão ruim assim? — pergunta com uma expressão curiosa.

Pego o prato que a enfermeira tinha colocado no apoio ao lado da cama antes do médico chegar, encho a colher com uma boa quantidade da sopa com gosto de água suja e levo em sua direção.

— Aqui... — Espero alguns segundos, até que ele se aproxime abrindo a boca. — Experimente e me diga.

O observo engolir, notando o desenho de sua garganta, a barba delineada, os traços masculinos e bonitos que esculpem seu rosto, e tenho de me lembrar de manter meus pensamentos na linha. Ele é um homem tão interessante, com aquele ar perigoso que intriga e atrai que fico tentada a tentar montar o quebra-cabeça de como acabamos casados.

Anthony me contou que nos conhecemos desde a infância. Um amor adolescente que perdurava até hoje. Uma história de amor bonita demais para parecer real.

No começo, a primeira coisa que ele conseguiu despertar em mim foi medo, eu não conseguia acreditar nem encaixar os fatos em minha cabeça para entender como poderíamos estar realmente juntos e apaixonados. Mas, a cada dia, cada segundo que passava, o entendimento caia sobre mim como uma manta de conforto e curiosidade.

Havia amor em seus olhos, cuidado, preocupação e uma chama tão forte que conversava com algo dentro de mim em silêncio. Alimentando uma sensação e um desejo que eu já não estava conseguindo controlar, nem muito menos esquecer.

Estou atraída pelo meu marido. Que surpresa!

Parece uma piada, não é mesmo?

— Então?

— Não é tão ruim.

Estreito os olhos, estudando seu rosto.

— Mentiroso!

Deixando escapar uma risada, ele se senta na beirada da cama.

— Vou contrabandear algo bom para você. Não se preocupe.

— Você gosta de me mimar, não é? — Elevo a sobrancelha, provocando.

Ele sorri.

— Exatamente. E você acaba de descobrir a minha coisa favorita no mundo. *Mimar minha esposa.*

CAPÍTULO 18

Anthony

ESTOU CONDENADO

Dizem, que uma mentira quando contada repetidamente, pode se tornar verdade. Não sei dizer se esta metáfora já foi comprovada, porém, na situação em que me encontro, posso garantir que estou rezando para que ela seja verdadeira.

— Tem certeza de que quer continuar com isso?

Eu encaro Zade, depois desvio para olhar a paisagem do lado de fora. Os galhos das árvores agitando pelo vento como se uma tempestade estivesse a caminho.

Não tenho certeza de porra nenhuma.

Minha mente está uma completa confusão, meu corpo está cansado por não ter tido uma noite de sono decente há quase um mês e, em meu interior, estou completamente apavorado pensando na bagunça em que me meti.

Angel ficou desacordada por oito dias, em coma. Seu corpo havia sofrido diversas lacerações como se ela tivesse sido arrastada pelo asfalto, alguns ossos trincados, um hematoma feio no rosto como se alguém tivesse batido nela.

Seu estado de saúde era tão crítico quando foi resgatada que tudo que os médicos disseram é que o máximo que poderia ser feito por ela seria rezar. Rezar para que ela sobrevivesse por mais um minuto.

Eu vivi o inferno por todo esse tempo, implorando para que ela não fosse levada de mim tão cedo, de forma tão cruel.

Minha intenção era dizer a verdade no segundo em que ela acordasse, mas, as coisas viraram uma completa loucura. A busca por seu marido, as descobertas cada vez mais sombrias sobre com o que e quem ele estava envolvido, as marcas no corpo dela que quase me fizeram vomitar com o pensamento do terror que ela passou.

A culpa vinha me consumindo lentamente, desde o momento em que a vi. E quando ela abriu os olhos e me encarou com aquele olhar perdido e apavorado, a última coisa que queria era assustá-la.

Não queria ser mais um nesse mundo a machucá-la. *De novo*.

Mas se eu quisesse mantê-la em segurança, não tinha outra escolha.

Uma lembrança de quando ela estava naquela cama de hospital, lutando por sua vida vem a minha mente:

Mesmo com medo de feri-la, seguro sua mão com delicadeza e deslizo a ponta do meu polegar contra sua pele. Meus olhos queimam ao vê-la tão machucada, a garganta está fechada e a cada vez que tento falar, sinto como se uma lâmina afiada estivesse me rasgando por dentro.

Ainda assim, em me esforço para garanti-la:

— Vou encontrar o desgraçado que fez isso, Angel. E vou fazer com que ele se arrependa de ter colocado suas mãos sujas em você.

Meus olhos se fecham, recordando aquela promessa.

Uma promessa que fiz ao lado de sua cama.

Uma promessa que eu não vou quebrar. Sou um maldito homem de palavra.

Preciso continuar com esta mentira, até ter certeza de que aquele pau no cu fodido nunca mais poderá tocá-la.

— Enquanto Dawson Voight não for encontrado e preso, quero Angelina bem longe de qualquer holofote. Depois de saber que as provas foram entregues para a polícia por ela, não é seguro. Sinto que esse homem deseja vingança e não vou correr nenhum risco. Mesmo que para isso tenha de mentir.

— Como exatamente você pretende fazer isso em Nova York? — questiona Zade, com uma pergunta completamente pertinente. — Demos sorte de ela ser encontrada nesta cidade minúscula e dos machucados mudarem um pouco seu rosto. A qualquer momento ela pode ser reconhecida. Quando souberem que você simplesmente roubou a esposa de um procurado do FBI...

Ela não vai ser reconhecida, porque cuidei disso, porra!

Uma grande quantia de dinheiro e uma longa conversa com o responsável pelo hospital, garantindo que nenhum de seus funcionários iria abrir a boca sobre aquela paciente.

Ainda assim, esse não é o ponto.

Meus punhos se fecham, a raiva borbulha dentro de mim.

— Não roubei porra nenhuma! Aquele filho da puta não merece ser chamado de marido. Ela... Ela... — *Ela é minha!* Eu queria rugir. Gritar para o mundo inteiro ouvir, mas me controlei. — Eu a amo, Zade, não posso simplesmente deixá-la em seu estado, com aquele monstro a solta. Não importa as circunstâncias ou as ameaças que possamos enfrentar. Acreditando que sou seu marido, ela confia em mim. E farei o que for necessário para mantê-la segura, mesmo que isso signifique enfrentar o próprio diabo.

— Não estou tentando te condenar. Só precisamos cobrir nossos rastros, cara. Se você vai continuar com isso, cada passo conta... — Deixa escapar um suspiro. — Por exemplo, para onde pretende levá-la depois daqui? Trancar Angel na sua cobertura me parece uma opção horrível.

— Não estou voltando para meu apartamento.

— E para onde você vai, então? — questiona, arqueando a sobrancelha.

— Vou levá-la para casa.

Falls Prince.

A cidade da qual nós nunca deveríamos ter saído.

Os olhos inexpressivos do meu amigo me encaram em um silêncio que diz tudo: *você é um idiota.*

Porém o que ele diz, ao invés, é:

— O que vai ser quando ela descobrir?

Esfrego minhas mãos sobre o rosto, esgotado para caralho.

— Acha mesmo que não pensei nisso? — Bato meu punho fechado contra o painel do carro. — Acha mesmo que não me mata ter que mentir para ela de novo? Caramba, sim, porra! Isso me mata! Mas ela estava tão desesperada, tão perdida, tão assustada que...

— Você achou que se seguisse com a mentira, podia consertar o passado.

Sim.

— Não — minto. — Eu só não quero que ela pense que está sozinha. Vou ajudá-la a ficar bem primeiro, então ela irá se reconstruir e se livrar de todos os idiotas em sua vida.

E isso também é uma verdade.

— Tudo bem. Se você diz, aqui está. Certidão de casamento, identidades, tudo que você precisa. Além disso, assim que descobrir quando será a sua alta, me avise. Irei providenciar um jato particular que os tire daqui. Não é seguro passar pelo aeroporto. Dawson tem conexão com algumas pessoas fodidas, se está monitorando Angelina, com certeza terá algum infiltrado de olho em qualquer movimentação. E meu palpite, é que está. Voltei ao lugar onde ela foi encontrada na estrada e tudo indica que alguém voltou lá. Como se quisesse ter certeza de que a garota está morta ou... Não sei ainda, é apenas meu instinto falando. Vou ficar de olho nisso.

Ele me entrega o envelope e engulo o nó em minha garganta. Eu fiquei tão desesperado quando tudo aconteceu, que nem pensei nas consequências de envolver meus amigos nisso.

— Escute...

Zade me encara de seu canto, com sua expressão cismada e dá um aceno rápido de desprezo quando tento falar.

— Se vai abrir a boca para dizer alguma besteira como "obrigado" ou "sinto muito por envolvê-lo nisso", eu dispenso.

— Não quero te meter em nenhum problema.

Exibindo os dentes para mim, quase como um rosnado, ele resmunga:

— Pare de falar merda. A falta de sono está prejudicando seu juízo. — Ficando sério novamente, avisa: — Se precisar de alguma coisa, basta chamar.

E sem mais conversas, ele me leva de volta ao hospital e parte, como se nada tivesse acontecido.

Quando volto para o hospital, o Dr. Scott me chama para sua sala.

— Algo de errado? — pergunto, com uma expressão alarmada.

— Não, não — ele garante, ao perceber minha preocupação. — Apenas algumas formalidades que preciso que assine. Depois disso, você está liberado para levar sua esposa para casa.

Meu coração palpita com a notícia, um misto de felicidade e apreensão toma conta de mim.

— Não é muito cedo para isso? — questiono. — Ela ainda está fazendo as sessões de fisioterapia e sentindo algumas dores de cabeça. Faz apenas doze dias que ela saiu do coma.

O médico estala a língua em um gesto apaziguador.

— Eu sei que está com medo, mas Angelina é uma mulher forte. Vai ficar tudo bem, rapaz.

Deixo escapar um suspiro, tentando confiar nas palavras do médico.

— Se você diz, doutor... Apenas quero o melhor para ela.

— Só tente controlar as grandes emoções, ok? Ela precisa de um período de descanso, sem muitas surpresas.

Sem muitas surpresas? *Ok.*

— Certo.

Eu assino os papéis de sua alta e escuto atentamente cada uma de suas recomendações.

— Cuide da sua garota. É um maldito homem de sorte. Ficamos muito perto de perdê-la, e nem todo mundo tem uma segunda chance como essa — o doutor aconselha, terminando de reunir os papéis.

Engolindo em seco, fecho os olhos por alguns segundos, tentando conter a enxurrada de emoções que se agitam dentro de mim. Então os abro novamente para encarar o homem mais velho, cujo semblante transmite sabedoria em cada uma de suas palavras.

Vivi horas de puro terror em minha busca por Angelina. Tudo ficou ainda pior quando acreditei que ela poderia morrer. O medo de perdê-la para sempre me sufocou, e a sensação de alívio ao saber que ela ainda está aqui é quase avassaladora.

Ele está absolutamente certo, sou um filho da puta sortudo.

Só não sei ainda por quanto tempo.

— Sim — respondo sobriamente —, eu tenho sorte. E irei cuidar dela com a minha vida. Farei tudo o que estiver ao meu alcance para protegê-la e fazer com que se sinta amada e segura.

Depois de ser dispensado, volto para o corredor e passo na lanchonete antes de seguir para o quarto de Angel. Pego uma salada de frutas, já que era a única opção minimamente decente, e sigo o caminho.

Quando estou quase à porta, animado para dizer a ela que podemos ir embora, escuto um estrondo e um grito agudo que me faz correr. Meu coração dispara, o medo toma conta de mim novamente, e eu temo pelo que posso encontrar.

Na cama, vejo Angel com os olhos fechados, o suor escorrendo por sua testa, as mãos agarradas ao pescoço, agitando todo seu corpo como se estivesse tentando escapar de alguém.

— Por favor... Não me mate... Ele vai me matar... Deixe-me ir... — Seus choramingos atingem um ponto profundo em meu coração.

Desesperado, corro para o lado dela e tento segurar suas mãos, impedindo que ela se machuque.

Ela se debate freneticamente lutando contra mim. Lágrimas começam a escorrer por suas bochechas, e não há nada que pudesse tirá-la daquele pesadelo.

Sangue esguicha para fora quando um de seus movimentos consegue arrancar o acesso de sua veia, fazendo-me saltar sobre a cama para segurá-la com força.

— Ei, linda, acorde. Angel, acorde! Você está segura, ninguém vai te machucar...

— Não deixe que ele me encontre, por favor, não deixe que ele me encontre.

Meu coração se parte ao sentir sua aflição, e eu faço o possível para acalmá-la.

As palavras que saem de seus lábios me alertam, dizendo que mesmo que sua mente não se lembre de nada do passado, seu monstro ainda vive lá, junto dela. Dentro de sua cabeça.

Com todo o cuidado que posso reunir, abraço-a com ternura, tentando transmitir segurança e conforto. Sussurro palavras suaves em seu ouvido, repetindo que ela está segura, que ninguém pode machucá-la.

Sinto a pulsação acelerada diminuir aos poucos, e sua respiração se torna mais calma. Aos poucos, os tremores em seu corpo cedem, e vejo seus olhos se abrirem lentamente.

— Estou aqui, Angel. Nada vai te machucar. Eu não vou deixar que nada de ruim aconteça com você — digo, com voz firme.

Embalando seu corpo contra o meu, continuo falando com ela, tentando manter a calma mesmo que nossos batimentos pareçam combinar em uma sintonia frenética e agitada.

— Eu tive um pesadelo — ela fala baixinho com a respiração descompassada. — Alguém queria me matar. Parecia tão real...

— Está segura, Angel, eu juro que está segura.

Ela continua em silêncio, processando tudo que aconteceu, os olhos observadores fazendo uma rápida leitura ao seu redor.

A calma demora a chegar, mas finalmente vem e eu saboreio o contato voluntário.

Não há luta. Nem tremor.

Quando nossos olhares se encontram brevemente, Angel não me enxerga com aquele ódio ou a lembrança do dia que parti seu coração e a joguei do precipício.

O abismo de tristeza e medo que aquele desgraçado causou também está desaparecido.

Encontro naquele olhar apenas um temor singelo do futuro e a inocência daquela garota destemida que roubou meu coração.

Seu corpo se aloja em meus braços, como se pertencesse a aquele lugar. O rosto choroso se enterra em meu peito, usando-o como bálsamo para suas feridas e neste momento, não há mais nada que se possa fazer.

Estou condenado.

Eu farei tudo que puder para fazê-la feliz.

— Posso te pedir uma coisa? — ela sussurra com a voz minúscula.

— Claro. Qualquer coisa, raio de sol.

— Me leve para casa. Não quero mais ficar neste hospital.

— Eu vou — prometo — Nós vamos para casa.

CAPÍTULO 19

Angelina

O QUE EU QUISER?

Tudo era frio e escuro naquele lugar como uma atmosfera abafada que se enlaçava em torno de mim, feito correntes invisíveis. O medo se infiltrava como um veneno paralisante e me impedia de fugir, de falar e até mesmo de piscar.

— Se você acha que conheceu o verdadeiro inferno, querida, vou provar que está errada. Seu inferno começa agora.

A voz gelada e carregada de ameaça ecoava em meus ouvidos como uma sentença inevitável. Seus olhos azuis gelados me fuzilavam com um ódio mortal enquanto as mãos se agarravam em torno da minha garganta, roubando o ar dos meus pulmões.

— D-deixe me ir... — implorei, minha voz trêmula pelo esforço de lutar contra ele.

— Você nunca vai se livrar de mim, Angelina. Nunca.

Suas palavras cortantes e soturnas me atingiam como punhais, trazendo a cruel certeza de que aquele seria meu fim: ele iria me matar.

E não havia nada nem ninguém que pudesse me salvar.

Um toque quente e reconfortante contra meu ombro fez com que eu saltasse para fora daquele pesadelo num estalo. A voz grossa e conhecida bradou ao meu lado, acalmando a onda de tremor que percorria meu corpo, e meus olhos se abriram, sendo incomodados pelos raios solares que invadiam a janela.

— Chegamos, linda!

Levantei-me do vazio profundo do sono, ainda com o corpo pesado e cansado. Passei a mão no rosto enquanto tentava me acostumar com a claridade, e com uma voz interior sussurrei para mim mesma:

— Você está segura. É só um pesadelo. Só um pesadelo.

O avião parou e o zumbido dos jatos cessou, trazendo-me de volta à realidade. Ao meu lado, Anthony acariciava gentilmente seus dedos em minha bochecha, demonstrando preocupação.

— Tudo bem? — perguntou.

— Sim — garanti, não querendo revelar que a cada vez que fechava os olhos, os pesadelos voltavam para me assombrar.

Era tudo uma armadilha do meu inconsciente, só podia ser, e eu estava cansada de deixá-lo vencer. Preciso tomar as rédeas da minha vida de volta, antes que seja tarde demais.

Olho pela janela do avião e vejo o cenário à nossa volta, por um segundo, fico observando as montanhas do deserto que se misturam com o céu azul.

Em minhas memórias, tudo permanecia em silêncio, sem um único vestígio de familiaridade, porém, algo dentro de mim, amou o conforto da natureza. Como se independente de reconhecer ou não, aquele fosse mesmo o caminho certo para *casa.*

Enquanto desembarcávamos, meus sentidos se aguçaram, absorvendo cada detalhe com uma fome de conhecimento. Anthony me deu um sorriso tranquilizador, como se soubesse exatamente o que se passava em minha mente. Seu apoio servindo quase como minha rocha.

— Ansiosa? — indagou.

— Uma pilha de nervos.

Caminhamos pela área de pouso em direção a um carro preto elegante que nos esperava. Um motorista abriu a porta para entramos no banco do passageiro e outro funcionário pegou nossas malas para guardar no fundo do carro.

Nova descoberta sobre minha vida: meu marido é um homem rico.

Não sei ainda o quanto, apenas percebi que é rico o suficiente para conseguir qualquer coisa que quiser com uma ligação.

Roupas. Carros. Aviões. Comida...

— Estamos a cerca de quarenta minutos de casa — Anthony informa, assim que saímos do aeroporto.

— Tudo bem.

Do lado de dentro do carro, ele aconchega seu corpo ao meu lado, com o cuidado de manter alguma distância.

Era perceptível o que ele estava fazendo, tentando dar tempo para me acostumar à sua presença. Notei que ele era um homem chegado ao toque físico, mas nunca passava de um carinho suave e casto, mais de amigo do que amante.

Apesar de apreciar sua paciência eu estava mais do que determinada a trazer minha vida de volta a sua normalidade e isso inclua a relação com meu marido.

Criando coragem, coloquei minha mão acima da sua, que descansava sobre a coxa musculosa e entrelacei nossos dedos juntos.

Levantando minha cabeça para encontrar seus olhos, um brilho de surpresa preenchia sua face. Aquele gesto simples e a intensidade que eu reconhecia nele foi o suficiente para que eu quisesse desnudar minha alma.

— Eu... — Senti minha garganta quase fechar e as palavras se alojarem em minha traqueia. — Tenho sorte de ter você. Mesmo que não me lembre, sei que tenho sorte.

Meus sentimentos eram tão intensos que eu não podia mais esconder.

Anthony se inclina contra mim e passa o polegar em meus lábios antes de segurar minha bochecha.

— Oh, não... De jeito nenhum — exala; sua voz profunda. — Eu garanto que o único sortudo sou eu.

Minha respiração fica mais acelerada diante de sua proximidade, e meu coração parece querer saltar do peito. A tensão entre nós era palpável, preenchendo o ar ao nosso redor.

— Você vai me beijar? — sussurro, fitando sua boca perto da minha.

Minha língua se move, passando sobre meus lábios, e seu olhar fica levemente quente.

— Você quer que eu te beije, Angel? — pergunta em um tom carregado de desejo.

Anthony olha diretamente em meus olhos, parecendo avaliar minhas ações. O silêncio que se seguiu só aumentava a expectativa. Minha mente lutava para formular uma resposta coerente, mas minhas emoções falavam mais alto. O anseio que sentia por ele era perceptível.

Sem dizer uma palavra, apenas assenti, permitindo que meus olhos transmitissem a resposta que eu não conseguia verbalizar.

O brilho em seu olhar escuro se intensificou e, sem mais hesitação, ele se aproximou. Os lábios tocaram minha boca com um roçar leve, cheio de ternura, como se pedissem permissão.

Meus dedos se enrolaram no tecido de sua camisa, puxando-o para chegar mais perto e sua boca consumiu a minha, com fome. Seu gosto mentolado e fresco, o beijo feroz e quase desesperado.

Eu não me lembro como era a sensação de beijá-lo antes, mas, se todos os beijos eram assim, tudo fazia sentido. Era como estar em *casa.*

Mesmo antes de chegar a nosso destino, ao lado dele, beijando-o tão apaixonadamente, eu senti como se tivesse chegado ao exato lugar em que pertencia.

Eu não estava preparada para a visão magnífica que encontrei quando chegamos ao nosso lugar. À medida que o carro subia uma estrada de terra que levava ao topo de uma colina, meus olhos ficaram cativos pela imensidão do campo de girassóis amarelos que se erguiam diante do sol.

Mesmo no inverno, o clima da cidade de Falls Prince era quente, com raios de sol fortes cortando por entre as nuvens e eu me senti da mesma maneira, pela primeira vez desde o dia em que acordei naquele hospital, me senti aquecida e... *feliz.*

— Meu Deus... Isso é... lindo.

— Concordo — Anthony murmura ao meu lado e quando olho em sua direção noto sua atenção voltada para mim.

Os olhos presos ao meu rosto deslumbrado, como se estivesse diante da coisa mais bonita do mundo.

Sinto meu coração disparar por um momento, a intensidade dele parecia nos preencher até transbordar, cruzando um limite que estávamos apenas começando a explorar.

Sentindo minhas bochechas quentes, volto meu olhar para contemplar a beleza estonteante dos girassóis. O carro subiu até o final da estrada, passou por um pequeno portão de madeira e parou em frente a uma cabana rústica.

De repente, um flash de memória apareceu em minha cabeça como se uma tela de cinema se projetasse à minha frente.

Nós dois, neste mesmo lugar, em uma cabana à luz de velas, nossos corpos unidos...

— Nós já viemos até aqui, não é?

— Você se lembra? — indaga, seus olhos fixos em mim com expectativa.

— O lugar parece um pouco diferente, porém, sim, eu me lembrei de nós dois aqui... — respondo, explicando as imagens que surgiam na minha cabeça.

— Está certa. Queria que estivéssemos em um lugar com boas memórias — diz com uma voz rouca. — E nós fizemos ótimas memórias aqui... Antes do que aconteceu, estávamos em Nova York, mas quando Dr. Scott disse que você precisava de um ambiente familiar e tranquilo para se recuperar, pensei neste.

— É lindo Anthony, obrigada.

Chegando perto, ele me envolve e beija o topo da minha cabeça.

— Não me agradeça por nada. Só quero que esteja confortável.

Com um sorriso tímido no rosto, a lembrança inundando minha mente se desdobra e desaparece. Eu forço um pouco mais, tentando fazer o meu cérebro trabalhar, mas aparentemente isso é tudo que tenho.

Anthony me ajuda a descer do carro e termina de tirar as malas para levar para dentro, com a ajuda do motorista. Eu fico do lado de fora, atenta a cada detalhe.

A cabana parece pequena, com suas paredes de madeira escura e janelas de vidro no alto, onde há uma pequena varanda. Na área de descanso em frente, duas poltronas de palha convidam para momentos de tranquilidade, e uma porta de vidro larga permite uma visão deslumbrante do ambiente ao redor.

Do lado de dentro, um ambiente aconchegante me acolhe. Móveis de madeira rústica, uma sala de estar com TV e outros aparelhos eletrônicos, uma cozinha pequena do lado esquerdo e no fundo do cômodo uma escada que deve dar acesso ao andar de cima.

Uma decoração simples, porém, charmosa e moderna. A luz do sol se filtrava pelas janelas, iluminando suavemente o ambiente, e o som suave dos pássaros lá fora adicionava um toque sereno ao local. O suficiente para que eu quisesse ficar aqui para sempre.

Anthony voltou no meio da minha avaliação, agradeceu o motorista e o dispensou.

— O que acha? Podemos ficar aqui alguns dias? — pergunta, investigando meu rosto. — Tenho uma casa na cidade também. Não é uma localização movimentada contando que a cidade é minúscula, mas o lugar é mais espaçoso se te deixar mais confortável.

— Quero ficar aqui — falo rapidamente, cortando a ideia. — Eu amei este lugar. É muito aconchegante.

Meu olhar desvia em direção a janela, onde uma imagem de nós dois abraçados aparece em minha cabeça.

Felicidade. Amor. Segurança.

É o que sinto quando me lembro daquele momento. É como me sinto com ele.

Não sei como ele faz isso, mas é como se pudesse ler a minha mente e sem que eu diga nada, dá alguns passos para diminuir nossa distância e me abraça por trás, exatamente como imaginei.

— Ficaremos aqui então. Faremos o que você quiser, raio de sol.

O que eu quiser?

Hummm.

CAPÍTULO 20

Anthony

"Eu não tenho um minuto de paz nesse caralho!"

Ao ver meu telefone tocar pela milionésima vez o agarro com um suspiro pesado e saio da sala. Será que as pessoas não entendem que quando alguém *rejeita* sua ligação por mais de *dez vezes* é porque ela *não* quer ser incomodada?

— Oi? — respondo em voz baixa, caminhando para a cozinha.

Lá fora, a noite já estava plena e a luz da lua brilhava alta sobre nossas cabeças. Angel estava no chuveiro, tomando um banho relaxante. Após os dias exaustivos que tivemos, é o que mais merecemos.

Paz e sossego.

Zade está ciente de que deve me manter informado sobre qualquer notícia de Dawson. Porém, como ele mesmo disse, enquanto as coisas estão calmas, devo aproveitar a tranquilidade.

Chegamos à cabana algumas horas atrás, e a felicidade estampada no rosto de Angelina fez com que toda a jornada difícil valesse a pena.

Anos atrás, acabei comprando a pequena casa nos limiares da fazenda King. O campo de girassóis continuava sendo cultivado, mas agora outros agricultores assumiram a tarefa.

Desde que o pai de Zade faleceu, logo que ele voltou do exército de forma definitiva, meu amigo decidiu que não tinha interesse em manter esse tipo de negócio, já que estava focado em sua própria empresa. Foi uma burocracia chata, mas eu não podia desistir deste lugar, então consegui garantir que a cabana se tornasse minha.

Quando visitava minha mãe e irmã em Falls Prince, preferia ficar aqui, em vez da casa da minha família. Este lugar sempre me aproximava de Angel, era o nosso refúgio. *Sempre seria.*

Reformei o espaço, tornando um lugar bonito e aconchegante e sonhei durante anos com o dia em que poderia trazê-la de volta aqui sem nunca imaginar que isso aconteceria nessas circunstâncias.

E ela ficou tão feliz ao chegar, tão encantada, que eu não queria que nada atrapalhasse este momento.

— Porra, finalmente! — Dallas resmunga em meu ouvido — Estou te ligando o dia todo!

— O que foi?

— Primeiro, tente não surtar. Segundo se prepare para o furacão Madisson Cahill, que está apontando em sua direção e pode chegar a qualquer momento.

Meu primeiro pensamento: *eu não tenho um minuto de paz nesse caralho!*

O segundo: *que porra?!*

— Não me diga que ela sabe sobre... — Começo a dizer, e logo interrompo. — Espere, você sabe?

Eu não tinha contato muitos detalhes do que estava acontecendo a ninguém além de Zade. Pelo óbvio fato de que as coisas já eram complicadas o suficiente. Quanto menos pessoas envolvidas, melhor.

— É claro sei. Eu sempre sei — responde, como se eu fosse um idiota por perguntar. — E, sim, sua irmãzinha também descobriu. Não me pergunte como. Eu só sei que ela apareceu aqui, com um interrogatório e você sabe como aquela garota é, ninguém consegue vencer uma batalha contra ela.

— *Caralho!* Ela vai enlouquecer e estragar tudo. Eu vou te esganar, juro por Deus.

Dallas emite um suspiro.

— Se acalme. Eu expliquei tudo a ela, Maddie não vai contar nada. Depois de saber toda a situação de merda com o filho da puta do marido, ela sabe que Angel vai precisar de tempo. Ela entendeu.

Entendeu? Claro. Conta outra.

Nesse momento, provavelmente, Madisson já está providenciando a minha morte. Ela sempre foi protetora e deste que ela e Angel se afastaram, lamentava a perda da amiga e me culpava por isso sempre que possível.

Saber o que aconteceu com ela, provavelmente a deixou louca e por mais que eu soubesse que estava fazendo tudo para protegê-la, Maddie não concordaria com a minha mentira.

Encostei-me contra o balcão, sentindo-me tenso.

— Não quero minha irmã vindo até aqui assim do nada. Diga para ela ficar longe, eu irei até lá assim que possível e vou explicar tudo.

— Pensei nisso. Mas acho que Maddie não vai esperar muito tempo. Que tal marcarmos um jantar dentro de alguns dias? Vai fazer bem para Angel estar perto de uma amiga. Se sentir acolhida. Por todos nós.

Apertando os dedos sobre meus olhos, exalei uma respiração frustrado.

Ele tinha razão. Jesus, eu não podia mantê-la presa aqui comigo para sempre. Era muito egoísta da minha parte e muito injusto com os outros. Eu não era o único que a amava.

Maddie, Zade, Dallas também perderam Angel assim como eu — não tão dolorosamente, é óbvio —, mas todos sentiam falta dela.

E eu estava tentado a agir como uma criança birrenta que esconde seu brinquedo favorito. Com a diferença de que o que estou escondendo é a mulher que manda na porra do meu coração. Com muito medo de que ela os veja e todo o resto venha à tona.

Por quê? Porque sou um idiota.

— Tudo bem, cara, vou pensar no assunto. Eu te ligo amanhã para falarmos sobre isso. Estou morto e precisando de uma boa noite de sono.

— Certo — concorda. — Fora isso. Tudo bem, por aí... Entre vocês, quero dizer. A vida de marido é boa?

Meus dentes rangem em irritação.

— Você sabe que as coisas não são assim. Ela irá se recuperar logo, descobrir tudo, então...

Dallas ri do outro lado da linha me arrancando um rosnado irritado.

— Então o quê? Vai deixá-la ir embora? O que você é agora, um monge celibatário? — Emite em um tom sarcástico. — Não se faça de bom moço para mim. Nós dois sabemos que a última vez que a deixou escapar, foi à porta daquela igreja. Agora que a tem de volta, eu duvido muito que esteja disposto a deixar Angelina partir.

Foda-se!

Dallas sempre consegue ser um babaca quando quer, com sua carinha de santo e jeitinho divertido, o filho da puta é capaz de partir uma pessoa ao meio apenas com suas palavras.

Pior de tudo? *Ele está definitivamente certo.*

— Vou desligar.

Encerro a ligação, coloco o telefone no silencioso e jogo no balcão. Dou dois passos, penso melhor, volto e desligo de vez aquela merda.

Não quero ser incomodado mais por hoje. Minha paciência e disposição foram para o caralho.

Subo as escadas, para pegar uma roupa limpa e confortável, então derrapo logo na entrada do quarto quando vejo Angel envolta apenas por uma toalha, analisando sua mala está aberta em cima da cama.

Ai, caralho.

Merda. Merda. Merda.

— Desculpe, pensei que ainda estava no banho — digo, com uma voz um pouco trêmula.

Seu rosto se levanta para encontrar o meu, os cabelos molhados caindo levemente à frente de seus olhos. A pele clara, perolada, umedecida e salpicada pelas gotas da água do chuveiro.

Partes dela que eu tanto sinto saudade, escondidas pelo tecido felpudo que a envolve, deixando apenas as pernas longas e torneadas à mostra.

Mesmo com os hematomas do acidente, ainda marcando-a em alguns pontos, ela consegue ser a mulher mais deliciosa que já vi.

Porra!

— Volto depois.

Com passos para trás, vou me afastando, sentindo que a qualquer minuto posso explodir.

A batalha que travo entre meu corpo, coração e razão é intensa e perturbadora. Já faz tanto tempo desde a última vez que a toquei desta maneira, que minha cabeça entra em parafuso com a ideia de estar junto dela.

De poder beijá-la quando, como e onde quiser. Poder sentir seu gosto.

É uma tarefa que parece levar uma eternidade apagar as imagens que se formaram em minha mente.

Aos poucos, sinto uma gama de alívio me encontrar, mas é tão medíocre que desisto.

Faço meu caminho de volta até o quarto, onde encontro Angel sentada na cama, com uma expressão indecifrável no rosto, agora vestida num conjunto de pijama com calça e blusa de mangas compridas.

— Ei... — eu falo tentando ao máximo esconder o turbilhão em minha cabeça.

Seus olhos se levantam e um brilho passa por eles ao encontrar os meus.

— Pensei que não voltaria mais — ela comenta.

— Estava esperando por mim?

Deixando escapar um suspiro, assente.

— Sim. — Então franze o cenho. — Você não vai se deitar?

Meus olhos desviam para a cama espaçosa e intacta, e noto o modo como suas mãos apertam uma à outra, torcendo os dedos com nervosismo.

Droga.

— Eu... Daqui a pouco, vou deitar daqui a pouco, linda. Pode ficar confortável. Você precisa descansar. — Eu tento parecer tranquilo, mas a ansiedade me corrói por dentro.

Ela franze a testa, levanta-se e vem em minha direção, os olhos cristalinos cheios de determinação.

— Você também precisa. Passou dias dormindo naquela poltrona horrível no hospital. Vamos dormir.

Jesus Cristo. Se ela soubesse o que está me pedindo.

Parece uma tarefa tão simples. Dormir ao lado dela. E ao mesmo tempo, é tão complicado.

— Tem certeza? — pergunto, olhando em seu rosto — Posso ficar no sofá.

— Por quê?

— Eu só não quero deixá-la desconfortável, raio de sol. Sei que você não se lembra...

Para minha surpresa, ela se aproxima um pouco mais, fica na ponta dos pés e escova os lábios macios contra os meus.

Não é bem um beijo. Apenas um gesto. Um selinho carinhoso que vibra o sangue bombeando em minhas veias.

— Você é meu marido. E eu não quero deixar o medo me vencer. O doutor disse que devo viver a vida normalmente, certo? Então vamos vivê-la.

Vamos vivê-la.

Fecho os olhos, ponderando as minhas opções ante seu pedido tão tentador.

É muito fácil me render a esse paraíso.

Mas a tempestade que esse caminho pode me trazer depois, é o grande problema.

Ainda assim...

— Tudo bem.

Porque meu peito se enche de felicidade com seu sorriso tímido, não é nenhuma surpresa.

Por que meu pau está em festa? Isso, sim, é preocupante.

Controle-se, porra.

Vou até o banheiro, troco de roupa e volto para o quarto.

Sem camisa, apenas de cueca e calça de moletom, eu me deito debaixo das cobertas e quase gemo quando seu corpo quente relaxa contra o meu.

— Boa noite — ela sussurra, enquanto desligo as luzes e deixo apenas um abajur aceso, preenchendo o quarto à meia-luz amarelada.

— Boa noite, raio de sol... — respondo, tentando esconder as emoções em minha voz.

Ela se aninha nos lençóis, aconchegando seu corpo entre meus braços e minha mão a envolve pela cintura, por trás.

Seu cabelo que cheira a baunilha acaricia meu rosto, a mão delicada cobrindo a minha, como se tivesse medo de que eu fugisse a qualquer momento.

Jesus!

Será uma longa. Longa. Longa e *perfeita* noite de sono.

CAPÍTULO 21

Angelina

ÉRAMOS FELIZES?

Desperto abruptamente, sentando-me na cama com o coração acelerado e descompassado. Suor pegajoso se agarra ao meu corpo, a seda leve do pijama colada às minhas costas me sufocando tanto quanto o monstro escondido em meus pesadelos.

Mais uma manhã que começava da mesma forma.

As gotículas em minha testa sendo testemunhas do quão real e intenso esse medo estava se tornando. Fico ali alguns segundos, expulsando as imagens da minha cabeça e digo a mim mesma que nada, nem ninguém, pode me machucar.

O delicioso cheiro de café da manhã aguça meu olfato e me desperta a realidade. Um sorriso cruza o canto da minha boca quando escuto o som dos pássaros cantando do lado de fora e vejo os raios solares invadindo o quarto pelas frestas da varanda. Porém, não demora até que a tranquilidade conquistada se encolha em meu peito.

Uma onda de melancolia me domina quando me movo nos lençóis e me deparo com o lado da cama vazio. E fica ainda pior quando me lembro que isso se repetiu todos os dias desde que chegamos.

Anthony se deitava ao meu lado à noite, abraçava-me até eu pegar no sono e, quase como num ritual, desaparecia antes do dia amanhecer, sumindo por uma parte da manhã. E por mais que eu tentasse compreender o que estava acontecendo, algo permanecia obscuro. Como um tormento silencioso dentro deste casamento que eu não conseguia desvendar.

As perguntas e dúvidas me assombravam.

Seria algo em mim que o afastava? Ou existia outra coisa? *Algo que eu não sabia?*

Cada questionamento enchia minha mente, mas as respostas pareciam distantes e incertas. O futuro que nos aguardava era nebuloso e havia muitos desafios a enfrentar. Por algum motivo cruel, imaginei que superaríamos tudo de forma simples, mas isso não se mostrou verdadeiro.

Com os pés descalços, desço as escadas, sentindo o calor do piso amadeirado contra minhas solas. Paro na cozinha, sirvo uma xícara e caminho até a janela. Vislumbro o campo de girassóis brilhando como um mar dourado hipnotizante. A paisagem é deslumbrante, mas meus olhos se desviam dela e fixam em algo ainda mais bonito.

De longe, cruzando a colina que trazia até a cabana, eu podia ver Anthony em seu treino matinal.

Os raios solares refletiam em seu peito nu, que brilhava com o suor aderido ao corpo. Seus ombros largos e a pele bronzeada realçavam sua forma atlética e bem definida. Um short de ginástica pendia levemente em sua cintura, revelando a linha dos gomos trincados de seu abdômen. Seus cabelos escuros, molhados, grudavam em sua testa enquanto ele se movia em perfeita harmonia com a natureza ao redor, como se fizesse parte da própria paisagem.

Sem me conter, abro a porta e paro na cobertura da varanda, com a xícara de café fumegante em minhas mãos, observando-o.

Assistindo a forma que seus músculos se levantavam e inchavam com profundas respirações ante aos movimentos ferozes e dolorosos que ele fazia. Uma troca entre abdominais, agachamentos e saltos no gramado.

Quando pareceu finalmente exausto, praticamente esgotado, ele terminou sua corrida até chegar a casa e o brilho em seus olhos foi a minha ruína quando me encontrou.

Na primeira noite, encarei-me no espelho após muito tempo, descobrindo o corpo não me lembrava. Havia marcas e cicatrizes sobre a minha pele que eu não fazia ideia de como vieram parar lá. Como se de alguma forma, a história por trás daquelas feridas relatasse fatos muito mais sombrios do que os que eu conhecia.

Perguntei-me se era isso que poderia fazer Anthony fugir de mim, como o diabo foge da cruz, já que reconheço, tivemos dias muito turbulentos.

No entanto, essa dúvida se tornava pequena a cada vez que ele me olhava. Eu podia ver a chama de desejo em seus olhos, a paixão, o anseio para ir além. Via tudo, então ainda não conseguia encontrar um sentido.

Por que ele temia me tocar?

Anthony para por um longo momento a alguns passos de distância, como se estivesse pensando no que fazer e me esforço para permanecer paralisada, observando as gotículas de suor escorrendo por sua pele. O peito subindo e descendo, as respirações descompassadas...

Minhas mãos formigam para ir até ele e tocá-lo. Minhas pernas tremem com a necessidade de pular em seu colo, agarrando-me à sua cintura.

Jesus, Angelina. Controle-se!

Como se lesse meus pensamentos, ele sai de seu estupor e vem até mim com passos rápidos, como de um leão feroz, domado pela adrenalina. Os punhos fechados ao lado de seu corpo, os olhos famintos e uma expressão perigosamente sedutora.

Chegando bem perto do meu rosto, sua boca pousa sobre a minha, o gosto do café em minha língua misturando-se entre nós com a forma possessiva com que ele me beija, sem que nenhuma parte de seu corpo, além dos lábios, me toque.

Seus dentes mordiscam meu lábio inferior, seu cheiro masculino me preenche e uma névoa tóxica de prazer me domina.

— Bom dia! — A voz rouca e carregada vibra pelo ar me atingindo internamente quando ele se afasta, minhas pálpebras, até então fechadas, se abrindo para encontrá-lo com um sorriso sacana no canto dos lábios. — Dormiu bem?

Engolindo a fome que sentia, a *fome dele*... Tenho forças apenas para balançar a cabeça em concordância.

— Vou tomar uma ducha rápida, depois disso, tem um lugar que quero te levar. Termine seu café e se arrume, ok?

— Que lugar? — Franzo o cenho quando ele vai entrando em casa sem mais explicações.

— Você vai ver.

Quando Anthony estaciona seu carro esportivo em um rancho a apenas alguns minutos de casa, contemplo a vista magnífica e uma sensação profunda de tranquilidade me invade por completo.

Cada vez que acho que ele já me apresentou aos lugares mais bonitos, sou surpreendida com algo ainda melhor.

À minha frente, a paisagem se estende majestosamente. Os prados verdejantes se desdobram até onde a vista pode alcançar, criando um tapete de cores vivas que se mesclam harmoniosamente. O sol dourado resplandece no céu, abraçando-nos com seu calor reconfortante.

Uma brisa suave envolve nossos corpos, brincando com meus cabelos soltos quando descemos do carro. Anthony segura minha mão com gentileza, conduzindo-me em direção a um galpão onde podemos ver algumas pessoas trabalhando.

Conforme nos aproximamos, um senhor de cabelos grisalhos, com um sorriso acolhedor, vem ao nosso encontro, trazendo consigo um magnífico cavalo de pelos marrons e o focinho rajado com traços brancos.

O animal relincha como se nos cumprimentasse e Anthony se inclina para alisá-lo.

— Como está esse garoto, Sr. Arthur?

O homem sorri, acariciando a crina do cavalo.

— Forte e briguento, como sempre. Exatamente como seu dono.

Eu olho para o animal completamente admirada e dou um passo tímido e apreensivo perto dele.

— Como ele se chama? — pergunto em direção a Arthur, que segura as rédeas tranquilamente.

— Tempestade — ele responde com um brilho de orgulho nos olhos. — Pode fazer carinho, se quiser. Ele gosta.

Aproximando minha mão com cuidado, sinto a maciez de seus pelos sob meus dedos. Tempestade parece apreciar o carinho e inclina levemente a cabeça, como se estivesse aprovando minha presença.

— Ele é lindo. Eu amo cavalos. — O pensamento passa pela minha cabeça como se fosse conhecido e me assusto, arregalando os olhos.

Anthony sorri para mim, como se aquela não fosse uma informação nova.

— Por isso estamos aqui. — Cruzando os braços em seu peito, ele admira minha interação com o animal como se já soubesse que aquilo iria me animar. — Quando adolescente, você adorava ficar por aqui, brincando com os animais. Dizia que seria uma veterinária um dia e cuidaria do máximo de bichos que pudesse. Mas seu amor maior sempre foram eles.

— Eu não estudei veterinária... — comento, lembrando-me sobre termos falado sobre os anos que estive fora do país, estudando outros idiomas.

— Não. Mas se ainda for um sonho, pode acontecer. Nunca é tarde, não é mesmo?

Meus olhos brilham com a esperança que ele impõe em sua voz, como se nada no mundo estivesse longe do meu alcance.

Tempestade oferece um pequeno e suave relincho quando chego perto de seu focinho e no automático, como se ação fosse completamente familiar beijo e esfrego seu nariz, amando aquele contato.

Há tanto sobre minha vida que ainda devo aprender. O que seria de mim se eu não o tivesse? Se Anthony não estivesse comigo?

Com um suspiro pesado, aliso a lateral do cavalo, decidindo não pensar em coisas complicadas agora.

— Vamos montar nele?

— Como estão seus machucados? — pergunta, certificando-se. — Não há nada incomodando?

Balanço a cabeça em uma negativa ansiosa.

— Estou bem.

— Certo! Então tudo bem, mas você virá comigo primeiro. — Voltando para Sr. Arthur, ele pede. — Pode prepará-lo para nós?

Com um aceno, o homem sai, puxando o cavalo e volta minutos depois com Tempestade já selado.

Anthony me ajuda a subir, com um aperto firme e seguro em minha cintura e monta em seguida. Prostrado atrás de mim, ele puxa minha bunda contra sua virilha e desliza os braços à minha volta para segurar as rédeas.

Sentindo o calor de suas costas me preencher e a força de seus braços ao meu redor me dando segurança, fecho os olhos e descanso minha cabeça em seu ombro.

— Pronta?

Seu hálito quente acaricia minha orelha, *sua voz* — aquele profundo e rico tom de barítono — causando arrepios em minha pele.

— Sim.

Sinto seu corpo se retesar quando movo meu quadril, esfregando-me contra ele e um suave grunhido enfeitar meus ouvidos.

Com um chute leve contra as laterais do cavalo, ele move as rédeas e começamos a trotar. O vento fresco do campo batendo contra meu rosto, uma sensação tão viva que me aquece de fora para dentro.

Anthony bate as cordas e late um comando para Tempestade. O cavalo se agita, fazendo uma curva no caminho do gramado que cavalgamos e acelera seu trote.

A sensação de liberdade é avassaladora, e eu me entrego completamente à adrenalina daquele momento. Os galopes eram poderosos e graciosos, e eu me sentia conectada de tal maneira como se desejasse e precisasse daquilo, mesmo antes de perder a minha memória.

O sorriso em meu rosto se torna mais amplo quando o horizonte se estende à nossa frente. As paisagens passando rapidamente ao nosso redor em um borrão de cores e formas em meio à velocidade que alcançamos.

Anthony para sobre um monte alto, que nos permite enxergar toda a cidade e naquele momento, não sei mais dizer o que estou sentindo.

Ele desce primeiro, e me ajuda em seguida, então amarra a sela de Tempestade ao tronco de uma árvore.

Cavalgar é algo magnífico, mas não se compara a incrível sensação de senti-lo. Seus braços me envolvem por trás. Ele beija meu pescoço e neste momento é como se não existisse nenhum outro problema no mundo para nos preocupar.

O nó se forma em minha garganta, trazendo as dúvidas guardadas de volta.

— Nós éramos felizes? — pergunto, não conseguindo conter o turbilhão em minha cabeça. — Antes de tudo, quero dizer. Antes do acidente. Éramos felizes, Anthony?

— Angel... — Com a voz grossa, sinto seus braços ficarem tensos.

— Aqui, é como se tudo fosse perfeito. Como se *nós* fôssemos perfeitos. Mas...

Segurando-me com mais força como se tivesse medo de me perder, ele me vira em seus braços.

— Eu te amei desde o dia em que a beijei pela primeira vez, Angelina. Desde a primeira vez. — Sua voz é feroz e potente, o olhar intenso segurando meu rosto entre suas mãos. — Eu não posso dizer a você que tudo foi perfeito. Nós nos desencontramos e prolongamos um pouco o momento até tudo se ajeitar. Sei que não se lembra e em algum momento, poderá até duvidar das minhas palavras. Mas nunca duvide do quanto sou louco por você, está bem?

— Eu não...

— Prometa-me que nunca vai se esquecer disso. — Ele me aperta, como se tivesse uma urgência em suas palavras. — Prometa-me que nunca vai esquecer que nunca quis te magoar ou te ferir. Mesmo quando não valer a pena acreditar em qualquer outra coisa que já te disse, prometa que nunca vai esquecer o quanto amo você, por favor!

Seus olhos estão abarrotados por um pavor que não consigo entender. Ele me tem. Por que eu iria me esquecer disso?

Por que não acreditaria nele?

Não encontro sentido, mas reconheço a necessidade para ele, então, apenas concordo.

— *Eu prometo.*

CAPÍTULO 22

Anthony

E, PRINCIPALMENTE, MINHA

Após muita insistência, minha irmã conseguiu me convencer a levar Angel ao maldito jantar. Que a ideia não me agradava não era uma novidade, mas diante de uma lista de argumentos concisos — e até mesmo algumas ameaças — vindas de Madisson Cahill, acabei cedendo.

Dizer que os últimos dias não foram *quase* perfeitos seria uma mentira.

Por oito anos, sonhei com o tempo em que acordaria com o calor de Angelina em meus braços, ansiei por ser o motivo de seus sorrisos, desejei feito um maluco um único toque e agora, que tenho tudo isso, sinto como se minha cabeça tivesse a ponto de explodir.

No começo, a melhor e única ideia possível era manter distância. Desde que ela estivesse bem e segura, eu estaria satisfeito com míseros beijos e alguns toques, no entanto, as coisas estão mudando. O cansaço mental que o último mês consumiu da minha mente foi tão exaustivo, que precisei de tempo para processar.

Agora, que estamos em nosso lugar, passando dias juntos e recriando momentos, novas memórias, tudo que mantive adormecido está despertando e Deus me ajude quando essa porra acordar de vez.

Cada olhar de desejo, cada beijo roubado, cada gemido fraco que ela deixa escapar, estão me conduzindo a um caminho *perigoso.*

Cada segundo ao lado dela é vivido e apreciado como se fosse meu último de vida. Suas memórias estão voltando. Todos os dias ela é presenteada com algo novo e eu me fecho nesse mundo nebuloso que grita para que eu a pegue antes que me escape.

Um *tic-tac* infernal está guardado em meu cérebro, como um cronômetro imaginário, avisando-me que o paraíso que estou vivendo vai acabar a qualquer momento.

Minha resistência está em seu limite, muito perto de quebrar, e minha única certeza é que no minuto em que essa barreira romper, Angelina nunca mais se livrará de mim.

Com mentira ou não, ela goste ou não. Com marido louco psicopata atrás dela ou não, eu a seguirei para o resto da vida.

Nunca outro homem poderá chamá-la de sua, porque essa posse será apenas minha. Nunca haverá outro que ela vai chamar de marido, porque eu passarei o resto da minha vida fodida atrás dela, até o dia em que ela aceitar se casar comigo.

Esse casamento de mentira se tornará real, de uma maneira ou de outra, porque eu, não a deixarei partir.

E é tudo isso que estou tentando controlar. É tudo isso que quero manter escondido, bem longe dela, pois sei que Angel não precisa de mais problemas.

Inclino contra meus lábios a garrafa cerveja que encontrei na geladeira e bebo um gole longo, agradecendo mentalmente aos aplicativos de entrega que nos permitem ter álcool a fácil alcance. Meus pés batendo no piso de madeira ritmicamente em sintonia com meus pensamentos frenéticos.

Ouço seus passos no andar de cima, depois o barulho de saltos clicando na escada e viro meu pescoço para apreciar a visão, sem ter ideia de que meu coração não está preparado para aquilo.

Administro uma respiração, observando-a descer os degraus com seu corpo enfiado em um vestido preto justo e curto que se agarra suas coxas e delineia suas curvas. Por alguns segundos, meu cérebro e corpo se esquecem como é o simples ato de respirar, os olhos presos a aquela imagem como se fosse a porra de uma aparição divina. Seu rosto com uma maquiagem sutil, apenas para cobrir os hematomas já quase desaparecidos, os lábios rosados e perfeitos para serem beijados.

Ela está tentando me matar, não há outra explicação.

Lutando contra o desejo de deitá-la no chão, abrir suas pernas e lembrá-la de como fomos felizes, largo a garrafa de cerveja no apoio do sofá e me levanto.

Seu cabelo loiro sedoso preso em um rabo de cavalo no alto de sua cabeça tem o cumprimento perfeito para se enrolar em torno do meu punho e as imagens que essa constatação cria em minha cabeça me levariam direito para o inferno.

Deliciosa pra caralho.

— Estou pronta.

Com um sorriso inocente, Angel se aproxima de mim, sem ter ideia do que está passando em minha mente. Se ela soubesse, fugiria em vez de se aproximar.

Encostado contra as costas do sofá, de pé e frente a frente com ela, coloco as mãos nos bolsos e deixo meus olhos admirarem cada centímetro de seu corpo, dos pés à cabeça.

Confusa e preocupada, um vinco se forma em sua testa e reprimo minha vontade de sorrir.

— O que foi? Algo está errado? — Ela olha para baixo em seu próprio corpo, alisando as mãos sobre o vestido. — Você não disse se precisava usar algo formal ou...

Eu não a deixo terminar.

Cortando a distância entre nós, agarro a sua cintura e tomo sua boca num beijo caloroso.

Ela pode ter se esquecido de como é a sensação.

Pode ter se esquecido de quem sou, ou de como nos apaixonamos. Como nossos corpos se conectam.

Meu pau, no entanto, não esqueceu. E o filho da puta quer relembrá-la a qualquer custo.

Eu a beijo com fome, querendo, precisando, desejando-a. É um gesto de necessidade e desespero. A sensação de seus lábios passa por mim como uma flecha ardente e eu estou imediatamente duro como o pecado, minha ereção pressionando contra seu quadril. Nossas línguas se encontram, o calor de sua respiração me hipnotizando.

Minhas mãos se movem e agarram sua bunda, um gemido de prazer irrompe pelo ar e não sei mais dizer se vem dela ou de mim. Puxo suas pernas para cima, pouco me fodendo que ela acabou de se arrumar e vai ficar toda bagunçada e a faço envolver minha cintura, apoiando-a contra as costas do sofá.

— A-anthony... — ela gagueja, quando libero seus lábios e mordisco seu pescoço.

— Você é minha, Angel. *Minha!* — rosno contra seu ouvido, precisando reforçar as palavras; mais para mim mesmo do que para ela.

Seus dedos delicados entrelaçam meu cabelo, minha língua lambe e chupa seu pescoço querendo deixar marcas na sua pele.

E eu me perco.

É nesse momento que percebo que foi um milagre de Deus ser capaz de respirar uma única vez nos oito anos que vivi sem ela.

Então decido que aqueles dias terminaram.

Não vou deixá-la partir.

Não vou ter medo de que ela se lembre, porque quando acontecer, vou me certificar de garantir que ela saiba como é ser amada.

E desejada.

E consumida.

E, principalmente, *minha.*

A tensão sexual entre nós é avassaladora, preenchendo e transbordando pelas brechas das janelas fechadas do carro.

Os nós das minhas mãos estão tão tensos que ficam brancos devido à força que eu coloco no aperto do volante, enquanto dirijo pelas ruas de Falls Prince em direção à casa da família Montgomery.

Como consegui interromper aquele beijo, ainda é um mistério para mim.

Se tivesse levado mais um segundo, eu teria a jogado sobre o tapete da sala e metido meu pau fundo em sua boceta com gosto. Fazendo seus gritos assombrarem os pássaros e animais noturnos que nos cercavam com louvor, mas a última coisa que queria era fazer desse momento algo apressado e confuso.

Preciso de tempo.

Horas e horas a fio para que possa beijar cada centímetro de sua pele.

Provar de seu prazer.

Preenchê-la por inteiro enquanto seus gemidos desesperados enchem os meus ouvidos.

Então, o melhor que posso fazer agora é ter calma e paciência; *para mais tarde.*

Angel não parecia feliz com isso.

Na verdade, havia um beicinho fofo em seus lábios que me lembrava muito os velhos tempos.

Ela manteve os braços cruzados, e uma expressão distante durante todo o caminho, como se não pudesse acreditar que não fomos até o fim.

Eu queria enfiar meus dedos por suas dobras, só para comprovar a umidade que deixei entre suas pernas com um único beijo, no entanto, eu me segurei.

Não tenho forças suficientes para ser capaz de me controlar uma segunda vez.

— Nossa senhora! — exclama, com um misto de espanto e pânico em seu rosto, assim que cruzo os portões de ferro. — De quem é essa casa?

Sorri ao notar a reação impressionada de Angel admirando o caminho de cascalho que nos levava à entrada da mansão.

De longe, é possível enxergar a monstruosidade branca com torres altas e majestosas. Sua arquitetura impressionante que reflete a magnitude da fortuna que o nome Montgomery carrega.

— Dallas — esclareço, enquanto passamos por entre centenas de árvores que cercam a propriedade.

Quando falei para Angel sobre o jantar, fiz uma breve introdução de nossos amigos. Dallas e Zade praticamente cresceram junto de nós, então, eles viam Angel e Maddie como parte de sua família, assim como eu os via como parte da minha.

Ela ficou tensa ao pensar em encontrar pessoas que se preocupavam com ela sem que ela se lembre. Ainda assim, curiosa e ansiosa.

Eu tenho certeza de que assim que ela os vir, algum *flash* de memória virá e ela entenderá que não está sozinha nesse mundo. Independente da minha presença ao seu lado, existem pessoas que a amavam e a protegeriam.

Foi por isso que aceitei estar aqui. Por ela.

— Então, ele também é rico?

Solto uma risada fraca.

— Nós somos ricos, linda. Ele é bilionário.

A família Montgomery é como a realeza do Texas. Zade e eu crescemos em uma família rica, mas Dallas... Ele é outra história. A riqueza de sua família é algo inimaginável. Depois da morte de seu irmão mais velho alguns anos atrás em um trágico acidente, ele se tornou o único herdeiro do vasto império.

Por fora, é muito fácil acreditar no riso fácil e ar descontraído que Dallas passa, mas por dentro, a verdade é que todos nós carregamos segredos e os dele se escondem dentro das paredes da mansão em que mora.

Eu estaciono o carro em frente à entrada, onde alguns seguranças fazem a guarda, e ajudo Angel a sair. Com nossas mãos entrelaçadas, subimos as escadas que levam à porta, onde o mordomo da família nos recebe.

— Olá, Sr. Cahill. Bem-vindo de volta. Já faz muito tempo — ele faz uma reverência, como se estivesse cumprimentando um rei, e volta-se para Angel com um sorriso. — Oh, como sua esposa é deslumbrante.

Bom saber que meu amigo tratou de incluir mais gente na mentira. *Maravilhoso!*

— Obrigado, Loyd. Você pode me chamar de Anthony, eu já disse.

Ele acena com a cabeça, concordando, embora eu saiba que ele não vai.

— Por favor, acompanhem-me. Sr. Montgomery está esperando por vocês.

Ele nos guia por dezenas de corredores até um cômodo e abre a porta para entrarmos. Quando entro, encontro os olhos claros de Dallas. Mãos nos bolsos, postura relaxada e descontraída. Ao seu lado, está minha irmã, com seu cabelo preto comprido solto em cachos que caem por suas costas, os olhos castanhos brilhando de nervosismo.

Angel para no meio do caminho, seus olhos se fixando alternadamente em mim e em sua irmã. Eu mantenho a atenção em sua reação, sentindo a tensão no ar. O suspense parece durar uma eternidade, até que finalmente vejo algo em sua expressão que indica o encaixe das peças.

Seu cérebro trabalhando, esforçando-se para lembrar alguma coisa, mínima que seja. Ela ficaria feliz com qualquer coisa.

— Maddison... — Sua voz é quase um sussurro, como se estivesse testemunhando um milagre.

Libero suavemente a mão dela, permitindo que ela avance. Angel começa a caminhar devagar em direção a amiga com passos carregados de significado. Maddison também se aproxima, suas pernas parecendo um pouco trêmulas. As se encontram no meio do caminho.

— Angel, você está realmente aqui. Você está viva! — Lágrimas começam a transbordar pelo rosto de Maddie, e em um piscar de olhos, elas se abraçam, seus corpos tremendo enquanto o choro copioso se mistura em um abraço repleto de saudade e alívio.

Minha garganta se aperta com a cena.

Dallas permanece à distância, encostado contra o mármore da lareira elegante na sala de estar com um olhar que diz: *eu sabia que elas precisavam disso.*

E mais uma vez, ele está definitivamente certo.

CAPÍTULO 23

Anthony

FAMÍLIA

É incrível como as coisas ficam mais fáceis ao lado de pessoas em quem confiamos. Eu estava apavorado a ideia do reencontro de Angelina com seu passado, por razões óbvias, mas, tinha me esquecido de como momentos como esse, quando nos reuníamos quando jovens, me fizeram falta também.

Depois do encontro choroso com Maddie, ela se aproximou de Dallas com uma expressão chateada, como se pedisse desculpas por não se lembrar dele; coisa que rapidamente ficou esquecida quando eles se abraçaram e ele garantiu que estava tudo bem.

— Estão com fome? — Maddie pergunta, e eu não posso deixar de rir. Limpando a maquiagem borrada por suas lágrimas, minha irmã me lança um olhar feio.

— O que foi?

— Os anos passam, as estações mudam. E você continua achando que qualquer problema se resolve com comida.

— E não é verdade? Existe alguma tristeza que uma comida bem-feita não possa resolver? — Ela eleva a sobrancelha. — Além do mais, nunca te vi rejeitar uma boa refeição quente.

— Eu não sou idiota — respondo, encolhendo os ombros.

Ela me mostra a língua em uma atitude infantil e deixo escapar um bufo. Em sua cabeça, a justificativa faz todo sentido. Não é à toa que ela estudou para se tornar uma chef de cozinha e hoje possui o restaurante mais bem frequentado da cidade.

As pessoas vêm de fora e formam filas à porta para conhecer sua culinária.

Loyd aparece dizendo que o jantar será servido em breve e Angel se aproxima de mim novamente, envolvendo os braços ao redor da minha cintura.

Inclino-me e beijo seu pescoço.

— Você está bem?

Ela se curva para encontrar meu rosto.

— Sim. — Um olhar cheio de amor que lota meu coração passa por sua face. — Sinto como se tivesse uma família. Quando acordei e descobri que minha mãe se foi e nunca conheci meu pai, eu me senti tão sozinha. Faltava alguma coisa, e como sempre, você sabia o que era.

Eu sorrio e a beijo novamente, sentindo meu peito expandir só com a informação de que ela está feliz.

— Se depender de mim, raio de sol. Nunca faltará nada. Tudo que a fizer feliz, vou dar.

— Oh, merda, parece que voltamos no tempo! Eles nunca mais vão se desgrudar, não é? — Maddie geme e cutuca Dallas ao seu lado, que resmunga algo inteligível. — Rápido! Em que ano estamos?

Antes que alguém consiga responder à sua piadinha idiota, Zade entra na sala. Uma camisa branca agarrada aos músculos, cabelos desgrenhados como se tivesse acabado de sair do banho, os braços tatuados à mostra e um jeans desbotado.

— Estou atrasado?

Balanço a cabeça em negativa e ele caminha até nós, seus olhos focados em Angel, que exala uma respiração forte vendo o homem grande se aproximar.

— Zade?

— Então, você se lembra de mim? — pergunta em um ar divertido.

— Agora, eu estou ofendido — Dallas comenta, cruzando os braços, por ser o único que Angel de fato não se lembrou.

— Desculpe! — Encolhendo os ombros Angel troca um olhar aflito com Maddie, como se rapidamente a conexão que elas sempre tiveram tivesse reacendido. — Só vi uma imagem na minha cabeça. Você estava me ensinou a dar um soco de direita.

Ela imita o movimento, fechando a mão em punho e meu amigo sorri e acena com a cabeça com uma expressão tranquila.

— Ah, sim, garota. Eu ensinei e você foi uma ótima aluna.

Eu a deixo livre para decidir e ela voluntariamente se separa de mim para abraçá-lo. Ele abre seus braços enormes e a recebe prontamente. No mesmo segundo noto que ela se sente confortável e protegida perto dele.

A mágica de Zade acontecendo, como sempre.

Ele é um cara grande, corpulento, com cara de poucos amigos que assusta fácil. Perto de mulheres, no entanto, Zade sempre tenta parecer um pouco amigável.

Desde quando éramos mais novos ele sempre era aquele que tanto Angel, quanto Maddie recorriam quando estavam com problemas. Meu jeito explosivo nunca ajudou a ser o primeiro a ser chamado quando a merda acontecia.

Dallas era o cara que procuravam quando queriam diversão.

E eu era aquele que repreendia, surtava, mas nunca deixava de ajudar de qualquer maneira.

Com uma das mãos em seu ombro, ele a conduz para o meio da sala, perto de onde Maddie e Dallas estão, rindo de alguma coisa. Uma conversa fácil flui entre eles, e naquele momento, o milagre que pedi a Deus por todos esses anos acontece diante dos meus olhos.

Minha família está reunida de novo.

E eu não sei o que vou fazer quando o castelo de cartas que construí sobre esse paraíso desabar.

Depois do jantar e de muitas histórias constrangedoras do passado que resolvemos recordar, algumas taças de vinho foram suficientes para deixar uma Angel ligeiramente bêbada encostada contra mim.

A tensão adormecida de quando chegamos começa a acordar de forma lenta, primeiro, quando sua mão descansa sobre minha coxa escondida debaixo da mesa onde todos os nossos amigos ainda estão sentados.

Apertando meus músculos com a ponta dos dedos, ela cruza a linha da minha sanidade e lentamente vai subindo seu contato quase até alcançar a virilha. Meu corpo se retesa, minhas mãos formigam para agarrar seu pulso, e subir um pouco mais, mas aqui não é o lugar.

Não é o lugar.

Coisa que ela parece não se importar.

Eu tomo sua taça de vinho, antes que ela dê mais um gole.

— Ei! — Seu rosto se fecha em uma carranca.

E o corpo se move, tentando pegar o copo de volta, mas coloco longe o suficiente para que ela não alcance.

Preciso dela sóbria para mais tarde. Absolutamente sóbria.

Chegando mais perto, abaixo-me em seu pescoço enquanto um riso irrompe na conversa ao nosso redor. Nossos amigos aparentemente alheios ao que está acontecendo.

— Você está brincando com fogo, raio de sol. Pare com isso. — Minha voz é um grunhido ferino que fica ainda mais baixo conforme seus dedos se movem, alisando-me como a porra de uma caricia tão sensual, que meu cérebro frita.

— Estou? — sussurra em resposta, virando-se para beijar o canto da minha boca.

Graciosamente, ela afasta sua cadeira e se levanta.

— Com licença, eu vou ao banheiro.

— Loyd vai te mostrar o caminho — Dallas informa, apontando em direção a porta que leva aos corredores da mansão.

— Não precisa, eu mostro. — Levanto-me apressado e com as mãos em suas costas a conduzo para fora.

À distância, consigo escutar:

— Oh, merda, eles vão foder pelos cantos da minha casa, não vão? *Pelo menos escolham um quarto!* — grita para ter certeza de que posso ouvir.

Maddie faz um som de engasgo.

— Você pode, por favor, me poupar dessa sua imaginação horrível antes que eu tenha pesadelos?

Foda-se!

Não estou preocupado em esconder os meus planos no momento.

No corredor, agarro seu braço e entro na primeira porta que encontro. Acaba sendo um armário escuro em vez de um quarto, mas vai servir.

— Você está tentando mesmo me enlouquecer, não é?

Um grito abafado escapa de sua boca quando agarro sua cintura e pouso sua bunda sobre uma prateleira. Mal posso enxergar, pois acender a luz não é uma das minhas prioridades no momento, então, só posso contar com os meus sentidos.

— A-anthony... Espere...

— Não. Eu tinha planejado começar isso quando voltássemos para casa, mas já que parece tão ansiosa, linda, aguente.

Ficando de joelhos, tateio suas coxas e abro suas pernas, puxando o vestido para cima. O tecido justo se reúne contra a pele quente e minhas mãos buscam na escuridão por sua calcinha.

— Ah, porra, Angel. Não me diga que você esteve a noite inteira nesse vestido minúsculo sem a merda de uma calcinha por baixo?

— Eu tentei... — Ela ofega quando sente minha língua contra a parte interna de sua coxa direita. — A calcinha ficou marcando então, tive de tirar.

— Jesus... — Exalo uma respiração contra sua boceta exposta, meu hálito tão quente quanto seu corpo.

Meus dedos se fecham atrás de seus joelhos e enterro meu rosto naquele paraíso. Provando de seu gosto com avidez. Um baque surdo soa em algum lugar quando Angel se assusta e bate as costas contra a parede do armário e minha língua explora a região, deslizando por aqueles lábios inchados, sugando os sucos deliciosos de seu prazer.

Suas mãos procuram por meu cabelo na escuridão e se fecham ao redor dos fios, as pernas tremendo e me prendendo entre as coxas, com um desespero visceral.

— Não pare, por favor, não pare...

Com um rugido, meu aperto fica mais intenso e empurro seu corpo para trás, enfiando sua bunda ainda mais contra a madeira que a segura. Subo minha mão, levantado uma de suas pernas para ficar sobre meu ombro e me aprofundo em minhas chupadas, enterrando minha língua naquela profundeza deliciosa, estimulando seu clitóris até que ela se contorce, geme e treme em meu poder.

Um grito de prazer começa a escapar de seus lábios e com minha mão livre em um rápido movimento tapo sua boca, afastando-me do meio de suas pernas apenas o suficiente para resmungar com um rosnado.

— *Shhhh!* Não queremos que Loyd abra a porta e nos encontre aqui assim, não é mesmo?

Um som abafado tenta passar por entre meu aperto, mas minha mão continua firme, abafando seus murmúrios.

Voltando para minha tarefa me empenho em terminar, pois de maneira nenhuma vou fodê-la dentro da merda de um armário.

Leva apenas alguns segundos, entre sucções rítmicas e lambidas certeiras para que todo seu corpo se desespere e ela goze em minha boca.

Seu corpo pendendo levemente amolecido assim que acontece.

Levanto-me, ainda entorpecido pela luxúria, agarro sua nuca enfiando minhas unhas em seu pescoço e a puxo para um beijo no escuro.

Seu gosto delicioso evidente na ponta da minha língua. Meu corpo duro e tenso pressionando cada uma de suas curvas suaves.

Ela é meu maldito paraíso.

— Obrigado pelo jantar, cara! — bato nas costas de Dallas quando paramos do lado de fora.

— Fico feliz que tenham aproveitado.

Um tom rosa atinge as bochechas de Angel e eu continuo com cara de paisagem, como se nada tivesse acontecido.

O herdeiro Montgomery se aproxima da minha mulher. Seus cabelos loiros curtos brilhando com um tom dourado profundo sob as luzes acessas no limiar da porta.

Segurando seu queixo entre os dedos, Dallas fala:

— Pode não ter se lembrado de mim, mas saiba que a qualquer hora, se esse babaca ou qualquer outro te machucar e precisar de um abrigo, você tem um lugar para ir, entendeu? Nunca se sinta sozinha.

Com uma emoção genuína em seus olhos Angel o abraça.

— Obrigada!

Ele pousa um beijo terno em sua cabeça.

Zade e Maddie também se despedem, com avisos que reforçam o mesmo que já foi dito.

Eles querem que ela se sinta acolhida, que saiba que ela tem um lugar para onde correr quando se machucar.

Porque sabem que mais cedo ou mais tarde, *irá acontecer.*

CAPÍTULO 24

Angelina

"Acho que é hora de levá-la para cama"

Queimando.

Eu estava queimando por ele no instante em que saímos daquele armário escuro. Ainda podia sentir os vestígios do meu prazer pegajoso, misturando-se a uma nova onda de umidade entre minhas pernas, enquanto nos dirigíamos para fora da mansão e entrávamos no carro.

Chegamos a casa sob um silêncio sepulcral. Nenhum de nós tinha coragem de dizer alguma coisa, pois sabíamos que no minuto que nos tocássemos, tudo estaria perdido.

Um golpe de insegurança cresce e morre em meu peito quando nossos olhares se encontram. A um misto de posse e pavor em seu rosto que desencadeia um pequeno flash em minha mente que logo desaparece.

Essa noite foi intensa de lembranças, como se meu cérebro estivesse muito perto de terminar o quebra-cabeça que estava montando, mas tudo fica nublado diante da névoa espessa de desejo que sinto por ele.

Dentro da cabana, sob a tênue e fraca luz da lâmpada da sala, ele começa a se despir. Observo, com uma mistura de admiração e ansiedade, os cumes esculpidos de seu abdômen se revelarem à medida que os dedos habilmente desfazem os botões de sua camisa.

Cada movimento revela um músculo vigoroso de seus antebraços e bíceps fortes. Sua camisa desliza de seu corpo, revelando a larga extensão de seu peito e uma respiração se aloja em minha garganta.

Eu me vejo parada aqui, totalmente hipnotizada por sua presença, incapaz de fazer qualquer movimento. Enquanto ele habilmente se livra de suas calças, ficando apenas em sua cueca boxer no meio da sala.

Sinto meu coração disparar e minhas mãos ficarem trêmulas. É como se o tempo estivesse suspenso, e só existíssemos nós dois neste momento.

— Aproveitando o show? — ele me pergunta com a voz brincalhona.

— Definitivamente... — Eu consigo dizer. As palavras mal saem da minha garganta, e minha respiração engata quando ele caminha em minha direção. — Eu poderia assistir pela vida toda.

Inclinando-se apenas o suficiente para pegar a bainha do meu vestido, seus dedos começam a puxá-lo para fora do meu corpo. Com sua boca tão perto da minha, envolvo minhas mãos em seu cabelo e paraliso a sua ação com um beijo. O calor de sua língua se misturando a minha.

Quando nos separamos, ele passa o polegar pelo meu lábio inchado pelo atrito contra seus dentes afiados e sorri.

— Minha garota ansiosa. Gosto tanto desse olhar safado na sua cara, implorando para ser fodida.

Ele tem toda razão, estou quase implorando.

Sem resposta, levanto meus braços para que ele continue o que estava fazendo e só depois me lembro que não precisei usar sutiã também. Meus seios saltam livres com o movimento brusco de suas mãos e com o tecido enrolado no meu rosto, obscurecendo minha visão, me sinto mais exposta do que nunca.

Vagabunda caipira.

Uma voz estrondosa, quase fantasmagórica vibra em meu interior, levando embora um pouco da quentura e do desejo para trazer uma sensação esquisita e incômoda. Eu pisco confusa, completamente perdida com essa aparição estranha, mas balanço a cabeça na tentativa de expulsá-la.

Um dedo quente se aloja sob meu queixo e levanta minha cabeça quando o tecido que tapava minha face sai e cai no chão.

O rosto ligeiramente preocupado de Anthony aparece em minha visão.

— Está tudo bem?

Engulo o amargor que a aparição repentina me trouxe e movo meu pescoço, concordando, não permitindo que nada nos atrapalhe.

O amor e a preocupação em seus olhos é a única segurança que preciso para me entregar a este momento.

— Está.

Meus dedos se movem para arranhar seu peito e o calor volta como o contato de pólvora e faísca.

Eu olho através dos fios do meu cabelo bagunçado, o rabo de cavalo já completamente desfeito e vejo como ele cobre meus seios e abaixa a cabeça para passar os lábios sobre meus bicos inchados.

— Porra! Você tem os peitos mais lindos que já vi. O corpo mais delicioso. Eu não vou me cansar nunca de olhar — ele murmura, explorando-me com sua boca.

Em um instante ardente, ele toma um dos meus seios entre os dentes e mordisca de forma prolongada, intensa. Eu quase vejo estrelas. A sensação é avassaladora como se eu estivesse sendo desmantelada como um carretel de linha, entregue completamente ao prazer que ele me proporciona.

Enquanto seus lábios e língua exploram meu mamilo, suas mãos percorrem meus lados nus, deixando um rastro de calor por onde passam.

O toque não é sutil e muito menos delicado. A crueza de suas palmas ásperas puxando e apertando minha pele emanam a necessidade desesperada que ele tem por mim e com isso, minhas unhas enterram em sua carne, arranhando suas costas correspondendo ao sentimento.

Com um passo para trás e seu olhar fixo no meu, ele engancha os dedos na lateral de sua cueca e a empurra para baixo. Sua ereção pulsante salta para fora e o membro aparece majestosamente entre nós.

Não há como explicar aquilo.

A coisa é perigosamente grande, com veias pulsantes e uma cabeça rosada na borda que me faz salivar e me desespera ao mesmo tempo.

Santo Deus.

Eu devo ter o olhar mais faminto em meus olhos porque ele me dá um sorriso arrogante, o tipo que diz que ele sabe o que ele tem e sabe que eu quero. Então, quando aquele sorriso se transforma em algo sério e aquecido, ele termina as avalições e parte para ação.

Com um punhado do meu cabelo enrolado em suas mãos, beija-me forte até que eu estou sem fôlego, puxando minha cabeça para trás para expor minha garganta, lambe meu pescoço e envia uma onda de arrepios por minha espinha.

Sua outra mão entre as minhas coxas, a ponta de seu indicador deslizando e estimulando o meu clitóris, que já está completamente sensível.

— Quer gozar de novo, linda? Quer gozar na minha mão? — ele pergunta rudemente, mordendo meu pescoço e sugando a pele sensível debaixo da minha orelha.

— Sim — respondo, desesperada, quando o toque de um dedo se transforma em dois, depois em três.

Minhas coxas tensionam e apertam sua mão, precisando que ele termine o que começou.

— Porra — ele rosna, encurralando-me com passos para trás até deixar a minha bunda nua contra as costas do sofá. — Abre para mim, amor. Abre as pernas e me deixa meter nessa boceta gostosa.

Seus dedos ganham mais velocidade quando espalho minhas coxas, sua mão me fodendo com um vai e vem frenético até me fazer explodir.

O orgasmo vem rápido, com um pico de trinta mil pés e me derruba contra ele. Minha testa suada pousando em seu peito nu.

— Acho que é hora de levá-la para cama.

Movendo-se suavemente sobre mim, seus lábios roçam minha mandíbula, seguindo um caminho lento ao longo do lado do meu pescoço e, em seguida, retornando aos meus seios mais uma vez. Acho que ele está meio que viciado neles.

Seu corpo forte cobre o meu, os braços musculosos ao lado da minha cabeça com os cotovelos enfiados no colchão, prendendo-me no lugar, como se eu fosse louca de querer sair.

— Você é um maldito sonho, sabia disso?

Com a língua criando uma trilha molhada que me faz esfregar as pernas juntas, Anthony explora minha pele como se a possuísse. Como se conhecesse cada maldito ponto de prazer.

— Acho que é a hora de você parar de falar e começar a me foder.

Ele ri brevemente, os músculos do estômago flexionando sob as minhas mãos presas por seu peso em cima de mim. Eu vibro com a necessidade, meu coração dispara de emoção pelo seu toque.

Seu peito roça meus mamilos, fazendo-me ofegar, então abaixa a cabeça para o meu pescoço, roçando sua boca sobre minha pele.

— Então é assim que você quer que seja? — pergunta em voz baixa e sensual, arrastando os dentes até a pele macia debaixo da minha orelha. — Quer que eu te foda, raio de sol? Quer que eu te preencha com meu pau e meta fundo na sua boceta até te encher com a minha porra?

— *Ah, Senhor...* — Solto uma respiração exasperada. — *Sim. Por favor.*

Afastando-se, Anthony fica de joelhos e me presenteia com a visão de seu corpo nu, a ereção dura e poderosa em suas mãos quando ele a segura com força. Sem mais tempo a perder, espalho minhas pernas.

Com um olhar cheio de calor, ele se inclina e esfrega a ponta grossa ao longo dos meus sucos, os sons enchendo o quarto.

É tão explícito, tão delicioso.

Eu me pergunto se vai doer, se vai encaixar, se... Deus, são tantos os pensamentos que não posso controlar minha própria ansiedade.

A verdade é que já sinto que fomos feitos um para o outro.

Nem preciso me lembrar de como era antes para saber disso. Cada beijo dele conversa com meu subconsciente, cada toque desperta sensações que me conduzem a uma certeira de familiaridade.

Sinto-me em casa. *Desejada. Amada.*

Os pensamentos são removidos do meu cérebro assim como o ar dos meus pulmões quando Anthony me puxa para cima de uma única vez e, com joelhos dobrados sentado na cama, me espalha para que eu fique de frente a ele com as pernas envoltas em sua cintura. Com um grunhido, ele encaixa seu pau na minha entrada e vai guiando para dentro.

É indescritível.

Eu solto um suspiro, meus dedos pressionando suavemente a pele das suas costas, enquanto tento lidar com a sensação de estar à beira de ser partida em duas.

— Apenas respire — diz ele através de um gemido grosso. — Eu vou devagar. *Por enquanto.*

Minhas paredes se abrem para recebê-lo. Cada músculo do meu corpo tenso, sentindo cada milímetro conforme ele vai entrando com paciência.

Sinto-me completamente preenchida, uma sensação avassaladora à medida que o recebo. Enquanto ele desliza lentamente para fora de mim e depois retorna, alcançando profundamente, tudo que domina meus pensamentos é o anseio por isso, tão vital quanto o próprio oxigênio.

É como se meu corpo tivesse sido moldado para o seu, uma conexão que vai além de meramente acomodá-lo, sim, uma sincronia perfeita entre nós dois.

— Meu Deus, é tão bom.

Ele rosna sem resposta, como se as palavras não conseguissem se formar em sua boca. Os músculos inchados me segurando, uma das mãos entre nós guiando seu comprimento para dentro e para fora.

— Você continua tão apertadinha, tão deliciosa. Meu pau nunca vai estar em outro lugar além desse, *porra.*

Nós nos empurrando um pouco mais para frente, segurando toda a força de nossos corpos, minhas costas batem na cabeceira alta de madeira da cama e ele entra de uma vez. Um grito desesperado escapa pela minha garganta e eu me sinto momentaneamente hipnotizada, com os olhos fixos em seu rosto assistindo a pequena gota de suor que está se formando em sua testa.

O jeito que o cabelo dele está ficando úmido, o olhar insanamente luxurioso em seus olhos enquanto ele mantém o contato fixo ao meu como se não pudesse desfazer essa conexão.

Encaixando-se em mim, finalmente percebendo que meu corpo o recebeu bem, ele deixa a suavidade de lado e começa a me foder para valer.

Uma de suas mãos agarra a parte de trás da minha coxa, espalhando-me um pouco mais e seus movimentos se tornam frenéticos.

Ele estica o outro braço e agarra a madeira sobre minha cabeça. A mandíbula afiada rangendo como se ele estivesse a ponto de explodir, minhas mãos agarradas a sua pele, acompanhando o movimento de sua cintura que mete em mim sem pudor.

Nesse momento, minha única necessidade é que ele continue. Que seus quadris continuem batendo nos meus, que seu pau me foda tão fundo até que eu não tenho certeza se posso respirar.

Anthony me possui com a determinação de uma máquina, com a ferocidade de uma um animal faminto, como um homem impulsionado por uma única missão: satisfazer essa urgência de nos fundirmos até o ápice.

A cama está em movimento, um ritmo constante de batidas — *bum, bum, bum* — contra parede.

— Caralho, Angel. Eu vou... Vou...

— Quero que goze dentro de mim — suplico, apertando minhas unhas a ponto de fazê-lo gemer — Quero sentir você.

— Estou quase lá, raio de sol.

Gotas de suor brotam em minhas têmporas, testemunhas do nosso desespero um pelo outro.

Meu coração bate como um tambor, uma trilha sonora acelerada para o que estamos vivendo.

Ele continua, seu pau indo e vindo profundamente em um vai e vem frenético, as paredes de minha boceta o apertando e tensionando, uma fricção irracional e intensa de sua pélvis batendo entre minhas pernas que se torna suficiente. É o suficiente.

Um grito vem do fundo da minha garganta e ele geme, apertando os dentes e inclinando levemente o pescoço. Gozamos juntos.

Nossas respirações se misturando. Os rostos colados um ao outro.

Seu cheiro. Meu cheiro.

Seus gemidos. Meus gemidos.

Tudo é tão perfeito.

Nós explodimos em pura sintonia, saciados demais para fazer qualquer outra coisa.

Com um esforço gritante, ele se move e me puxa para seu peito, caindo na cama em exaustão.

Com minha cabeça em contato com a sua pele posso sentir as batidas de seu coração pulsando contra minha orelha e me assusto com o ritmo frenético.

— Seu coração está batendo... *Muito forte.*

— Eu sei — ele murmura; uma voz muito baixa e fraca.

— Por quê? — questiono preocupada. — Está tudo bem?

— É porque você está aqui, raio de sol. É por causa de você.

CAPÍTULO 25

Anthony

O PESADELO NUNCA ACABA

Eu corro até sentir meus músculos rangerem. O desespero sendo a única motivação para me manter de pé.

Ele a levou. Ele a levou de mim, preciso salvá-la. Preciso dela.

Não posso perdê-la novamente.

Meus pés derrapam no caminho, pedregulhos se enfiando em minhas solas descalças e meu coração se parte quando a vejo.

O corpo estendido, vermelho brilhante banhando a pele alva e meu único pensamento é: cheguei tarde, ela está morta.

Fúria e terror me estrangulam quando caio de joelhos na poça ao seu redor.

— Angel? — chamo com a voz embargada, enquanto a puxo para meus braços, trazendo seu corpo frio para meu peito, sem me importar com as manchas que nos cobrem.

— Acorde, por favor, acorde! — rosno, esperando que minha voz possa forçar aqueles olhos azuis a se abrirem.

Sacudo-a pelos braços. Choro, deitado contra os fios de seu cabelo.

Grito, pedindo a Deus que não a leve.

Mas é tarde demais.

Ela está morta.

Acordo tremendo, mas não é um tremor leve, como se eu tivesse levado um susto.

Definitivamente não.

Meus músculos tremem intensamente, como se uma corrente elétrica de 220 watts percorresse todo o meu corpo.

Jogo as pernas para o lado da cama, segurando a cabeça entre as mãos, tentando me conectar com a realidade.

Respiro fundo, na esperança de acalmar os nervos.

Lá fora, a lua está alta no céu, as corujas grunhem à distância enquanto estou preso nesse maldito limbo.

É como se estivesse flutuando em desespero, incapaz de encontrar uma conexão sólida com o mundo real.

Olho para o lado, vendo a sombra do corpo nu de Angelina dormindo ao meu lado e isso ajuda a me acalmar.

Ela está aqui.

Ela está viva.

E isso não me serve de nada. Tê-la em meus braços não é uma garantia.

Sentir novamente o toque dela, dormir e acordar com o seu calor. A sensação de poder explorar cada centímetro de seu corpo, beijar sua pele macia, provar seu gosto. É tudo maravilhoso.

A porra do meu paraíso.

Mas, de que isso me serve se a culpa e o medo ainda têm o poder de me derrubar com um único soco no estômago em questão de segundos?

Eu me sinto como o pior filho da puta do mundo por mentir para ela.

E, ao mesmo tempo, me apavoro com a possibilidade de seu fodido — e verdadeiro — marido, encontrá-la.

Fico parado ao seu lado, olhando-a por um longo minuto. Sentindo algo estranho, como se alguém tivesse me atingido na cabeça.

Seu rosto bonito e sereno está em repouso, alheio aos perigos que a cercam. As marcas do nosso sexo a enfeitando como uma maldita deusa.

Eu a tenho fodido todos os dias e todos os minutos que posso desde a noite do jantar. E meu corpo não pretende parar.

Eu sou um filho da puta!

Minha respiração pesada preenche o ar ao meu redor e me levanto, não podendo ficar ali por mais um minuto.

Com as pernas trêmulas, alcanço a chave do carro na cabeceira da cama, procuro pelas minhas roupas espalhadas pelo quarto. Antes de sair, beijo o topo de sua cabeça e vou para um lugar onde eu possa pensar.

No quarto copo de cerveja, Big Loney me olha com um olhar repreensivo por trás de sua longa barba branca.

De aparência, ele lembra muito o *papai Noel.*

De humor, o *Grinch.*

Eu dou de ombros, nem um pouco preocupado com seus olhares feios e humor de merda. Desde que ele continue me servindo álcool, pode resmungar o quanto quiser. Já que possui o único bar disponível na cidade que está aberto a essa hora, vai ter que me aturar.

Continuo focado na espuma do meu copo que está lentamente diminuindo. Cabeça baixa. Ombros caídos.

Uma situação lamentável.

— Da última vez que recordo, você costumava chamar alguns amigos para fazerem companhia durante suas noites de bebedeira.

Dallas ocupa o assento ao meu lado no balcão, e involuntariamente deixo escapar um grunhido em direção a Big Loney, meus olhos transmitindo um olhar mortal.

— Você me entregou, seu velho? — Solto um bufo, observando os pelos brancos de sua barba se agitarem. — Traidor.

— Não quero ninguém caindo de bêbado sobre o meu balcão. Já tenho o suficiente com aqueles idiotas. — Aponta com o dedo na direção de dois homens mais velhos, sentados no extremo oposto do bar. — Tirem-no daqui.

Quando ele fala, viro o olhar por cima do meu ombro e avisto Zade parado atrás de mim, com os braços cruzados e sua típica expressão controlada.

Ótimo. Apenas o que faltava.

— Ninguém precisa me levar, droga! — rosno quando Dallas coloca a mão em meu ombro. — Não estou bêbado.

— Ainda — Zade interrompe, aproximando-se também.

Sim, ainda.

Em silêncio, desvio meu olhar, ignorando-os, e continuo a beber minha bebida.

A pergunta paira no ar entre nós, aguardando para ser feita.

— O que aconteceu? Pensei que estava tudo bem entre vocês. Na noite do jantar, pareciam um casal apaixonados — Dallas comenta.

É claro que não preciso explicar por que estou aqui. Eles sabem. Sempre souberam que o limbo que vivo só pode ter a ver com ela.

— Esse é exatamente o problema — confesso com voz cansada. — Tudo está perfeito. Mas, até quando?

Dallas tinha sido sempre aquele que nos segurava. Mantinha nossa sanidade no lugar intacto. Era o tipo de cara que iria correr sobre brasas por um amigo. Que se jogaria em frente a uma bala por um de nós sem hesitar.

Portanto, o olhar angustiado que reconheço em seu rosto, é absolutamente genuíno.

— Ela é como uma ferida que não fecha. — Com os olhos fixos ao copo a minha frente, sem poder encarar a nenhum deles, confesso. — Dói olhar, dói pensar no que ela passou porque a deixei ir. Dói quando penso como será quando ela descobrir.

— Então resolva isso, mano. Corrija as coisas. Você sempre encontra uma solução para tudo.

— E se ela não me perdoar? — lamento, afundando minha cabeça nas mãos — E se ela nunca me perdoar?

— Então, assegure-se de que ela possa te amar hoje. Deixe os erros do passado no passado, onde pertencem. — Levanto a cabeça, para encontrar o rosto de Zade com um olhar penetrante, como se soubesse exatamente do que estava falando. — Já tivemos essa conversa antes. Você a perdeu porque não podia contar a verdade, agora tem essa escolha...

— Eu sei — exalo com uma respiração pesada. — Mas antes de tudo, preciso encontrar aquele desgraçado. Não posso arriscar que ela queira se afastar de mim. Temos de encontrar o filho da puta. Para que ela esteja segura. Depois disso, vou contar tudo.

— Estou fazendo o possível. Já rastreei todos os cantos, parece que o maldito desapareceu da face da Terra. — Zade parece tão perturbado quanto eu.

— Há um sujeito... — Dallas começa a dizer.

— Que sujeito? — Arqueio a sobrancelha, intrigado.

Seus olhos claros percorrem o bar, avaliando quem está ao nosso redor, como se um assunto proibido estivesse prestes a emergir. E de fato, é o que acontece.

— Quando precisamos lidar com aquela situação... E encontrar Gabriel, pedi a ajuda dele.

— Foi assim que o localizou? — Bato minha mão sobre o balcão, fazendo o copo de cerveja se agitar. — Em que porra você se meteu?

— Não fiz nada de estúpido. Apenas usei meus recursos. Você estava fodido depois de perder Angel para esse lunático e Z estava na porra do Afeganistão chutando a bunda dos Talibãs. O que queria? — Ele bate a mão sobre a madeira do balcão, mostrando que até mesmo sua paciência tem limite. — Que ele nos perseguisse para sempre? Pelo menos, com o fodido de volta a cadela, não precisamos olhar sobre nossos ombros a cada vez que saímos de casa. Ele já tinha tirado o suficiente de nós, eu não permitiria que continuasse.

Um olhar perturbado passa por seu rosto e passo a mão sobre meus cabelos furiosamente.

— Os problemas parecem que nunca vão acabar.

Um silêncio se instaura ao nosso redor e não preciso ser capaz de ler suas mentes para saber o que estão pensando.

Nós tínhamos passado pelo inferno juntos, literalmente. Cada um de nós era tão diferente, às vezes eu me perguntava se seríamos amigos até hoje se não tivesse acontecido aquele incêndio.

— Enfim... — Dallas continua, com uma expressão séria. — Posso contactar este meu... conhecido, e ver o que ele pode encontrar. Sei que os meninos da *King Cross* são bons, mas esse homem é fodido. Não a nada, nem ninguém, que ele não possa encontrar.

Pondero as minhas opções, percebendo que não tenho mais nada a perder. Então suspiro, com uma decisão.

— Tudo bem. Fale com ele.

Vejo o olhar distante de Zade ao nosso lado, seu indicador coçando uma das tatuagens em seu antebraço.

— Se eu não tivesse... Se não tivesse os chamado naquela noite... — Sua voz grossa traz um frio para minha espinha. — Nada disso estaria acontecendo. Você nunca teria perdido Angel, nunca teríamos...

Eu me viro para ele, segurando-o por sua nuca para que nossos olhos fiquem frente a frente.

— Pare com essa porra. O que está feito está feito. Não me arrependo de nada, entendeu? Nós nos salvamos. Fizemos o que era preciso.

— Oh, uau. Parece que você tem visitas... — Cortando o assunto sinto o cutucão de Dallas em minha lateral e olho para cima, em direção a porta do bar.

Zade se afasta e endireita os ombros, recuperando sua postura.

E nós três observamos Angel e Maddie se aproximarem.

— Que porra é essa? — pergunto para minha irmã assim que elas chegam. — Vocês saíram sozinhas a essa hora?

Maddie ergue o dedo indicador, apontando sua unha pintada de vermelho sangue na minha direção, e proclama com uma voz firme:

— Regra número um, no livro do casamento, irmãozinho. *Não deixarás sua mulher dormindo enquanto vais para o bar encher a cara.* Ou sua irmã esperta vai aparecer para salvar a noite.

Por Deus, essa garota é uma dor na minha bunda.

Reviro os olhos para seu show e puxo Angel para perto, fazendo com que ela se sente em meu colo.

Beijo seu pescoço, inalando o aroma doce de baunilha.

Ela ri, fazendo a sua bunda pousada em minhas pernas criar um atrito doloroso entre meu jeans e meu pau carente dela. *Em qualquer hora e qualquer lugar.*

— É uma boa regra — murmura, falando sobre a idiotice de Maddie.

— Coloque no livro então, linda — sussurro ao seu ouvido: — Vou seguir qualquer maldita regra que quiser desde que me deixe foder sua boceta.

— Vou pensar sobre isso.

Ela se contorce no meu colo, procurando por meu rosto.

— Não gostei de acordar sozinha. Quando liguei para Maddie, ela disse que sabia onde você estava e foi me buscar.

Eu teria uma conversa com Maddison *depois*. Não ligo a mínima sobre elas virem, mas não é seguro saírem sozinhas no meio da noite.

— Desculpe. Estava com a cabeça cheia, mas não vai acontecer de novo, tudo bem?

Beijo sua testa e ela concorda suavemente, encaixando-se em meus braços.

— Eu te amo, raio de sol — falo baixinho, para que só ela possa ouvir e sinto seu corpo ficar tenso.

Tenho repetido essas palavras sempre que posso, alimentando minha própria necessidade de relembrá-la constantemente.

Ela não me disse de volta *ainda*, mas não me importo.

Desde que ela saiba, já é mais que o suficiente.

CAPÍTULO 26

Angelina

CORRA

Maddison me guia através do ambiente aconchegante de seu restaurante. O cheiro de ervas frescas e frutos do mar envolve o ar, fazendo meu estômago emitir um ronco involuntário mesmo que esteja abarrotado com a porção de Fish & Chips que acabamos de comer.

Sua comida é simplesmente orgástica.

O ambiente de seu restaurante é como um convite à indulgência gastronômica, onde o aroma dos pratos se mistura a uma atmosfera acolhedora. Fazendo totalmente compreensível a fila de clientes aguardando para entrar do lado de fora.

— Todo dia é assim?

— Principalmente quando coloco algo novo no cardápio.

Eu aceno com uma admiração gritante no meu peito. Genuinamente feliz por ela.

— É tudo perfeito. Posso não me lembrar, mas fico feliz por você.

Ela me abraça de lado, com as mãos suaves em minhas costas.

Maddie havia me contado que sonhava com isso desde que era jovem. Eu gostaria de poder recordar dos pequenos detalhes sobre a vida dos meus amigos. A gente só sente falta de algo que parecia ser tão simples quando perdemos.

— Não importa se lembra ou não. Já estou feliz por você estar aqui, Angel.

Eu sorrio. Porém, mal alcança meus olhos.

Ultimamente tenho ficado melancólica a cada vez que penso que minha vida está estacionada, à espera do meu cérebro arrumar a bagunça que o acidente causou.

— Ei, não fique assim — ela fala, notando meu desânimo repentino. — As coisas vão se resolver. Se desejar fazer algo novo, faça algo novo. Se precisar recomeçar, recomece. Meu irmão buscaria a maldita lua se você pedisse, mas sei o quanto fazer as coisas por nós mesmas é importante.

Só me lembrar dele faz meu coração vibrar.

As borboletas no estômago voarem livremente.

Só que Maddie tem razão. A vida dele, o trabalho, tudo está parado para viver à minha disposição. Um casamento não pode funcionar desta maneira.

Falei muito com ela sobre isso no dia de hoje. Meus medos e inseguranças. O temor que eu tinha cada vez que pensava no futuro.

Preciso pensar no que fazer, mesmo sem as lembranças do passado. Talvez esse novo início fosse minha chance para estudar algo que gosto, descobrir uma nova profissão, afinal nunca é tarde para recomeçar.

Um aperto de repente se alastra por meu peito quando um incômodo lembrete me encolhe.

— Eu não consigo dizer, Maddie — confesso, fazendo a voltar seus olhos castanhos para mim, confusa. — Não consigo dizer que o amo. Ele sempre fala. Todos os dias. E eu vejo, eu sinto bem aqui, mas as palavras não saem.

Aponto o dedo para meu próprio peito, apertando com força.

A quantidade idêntica ao tamanho da minha frustração.

Um olhar terno passa pelos olhos dela.

— Não se pressione. Quando tiver de acontecer, vai acontecer. O sentimento está aí, isso é o mais importante e ele não se importa com isso. Eu tenho certeza.

— Mas não é justo... — continuo, porém nossa conversa é interrompida quando um de seus funcionários se aproxima da mesa onde estamos sentadas.

— Ei, Maddie. A encomenda de lagosta chegou. Você pode receber?

— Claro — ela se levanta — Volto logo, está bem?

— Ok.

Eu fico sozinha sentada na mesa do lado de fora do restaurante, as pessoas passando pela calçada alegremente.

O clima de Falls Prince é algo que não consigo descrever. Sinto-me tão acolhida neste lugar que mesmo se nenhuma lembrança voltasse, eu ainda saberia que essa cidade faz parte da minha história.

Desde a natureza deslumbrante que compõe os arredores, até a arquitetura antiga como se tivéssemos parado no tempo. Tudo é absolutamente perfeito e encantador. Anthony disse que chegamos a morar em Nova York, um lugar gigantesco em comparação onde não consigo me imaginar feliz.

Alguns olhares questionadores como se dissessem "essa mulher não me é estranha" são lançados a mim. É claro, aqui certamente as pessoas são mais curiosas e atentas, o que acredito que seja algo comum para uma cidade tão pequena, porém, não é algo que me incomoda. Algumas pessoas de fato, devem até me conhecer.

O vento suave acaricia meu rosto, brincando com os fios soltos do meu cabelo e fazendo o tecido do vestido florido de alças ondular ao meu redor. Uma brisa fresca traz consigo o aroma das flores próximas, uma mistura de doçura e natureza que preenche meus sentidos. Enquanto me envolvo na sensação de liberdade que o vento proporciona, um homem do outro lado da rua na calçada chama minha atenção.

De terno e gravata, cabelos penteados para trás, óculos escuros.

Prendo minha respiração, fitando-o, no entanto, em um piscar de olhos, uma dor aguda irrompe em minha cabeça, como se um milhão de punhais perfurassem minha têmpora.

Fecho os olhos involuntariamente, buscando alívio contra a pulsação dolorosa. Quando finalmente abro os olhos novamente, o homem já não está lá. Nem sequer consigo reter sua fisionomia em minha mente, o acontecimento foi rápido demais para que meu cérebro processasse.

Porém o medo que se aloja em minha espinha é muito verdadeiro.

Corra. Corra. Corra. Corra.

Uma voz desesperada grita dentro de mim enquanto meus batimentos aceleram.

Eu me levanto da mesa, sem pensar direito no que estou fazendo e faço exatamente isso. *Começo a correr.*

Cada passo ecoa em meu coração acelerado, a ansiedade aumentando enquanto eu me afasto, impulsionada pela sensação de urgência.

Como se minha vida dependesse disso.

CAPÍTULO 27

Anthony

EU NÃO MEREÇO ESSA MULHER

— Temos uma pista. — A voz de Dallas do outro lado da linha agita a adrenalina com a informação que é muito bem-vinda.

Tenho esperado por isso por muito tempo.

— O que você conseguiu?

— Dawson está em território americano, tentando criar alianças com alguns nomes interessantes do submundo. Ele está sozinho e à deriva, precisando de pessoas poderosas para se apoiar.

— Precisamos encontrá-lo e derrubá-lo antes que isso aconteça. Não podemos correr o risco de deixá-lo se aliar a alguém e conseguir qualquer poder de novo.

— Meu pensamento também. O homem que contratei está em busca de uma localização. Deve acontecer em breve.

— Obrigado cara. Obrigado. Nem sei como te agradecer.

— Nós cuidamos um do outro, certo? — Sua voz me tranquiliza, relembrando. — Não precisa me agradecer por isso.

Concordo silenciosamente e encerro a ligação.

Meus batimentos correndo. Meu sangue fervendo.

Estou perto de encontrar Dawson Voight.

Finalmente.

Depois da noite de bebedeira no bar, meus pensamentos estão mais calmos. Os pesadelos, vendo Angel machucada e morta em meus braços, pararam de acontecer e com a esperança de encontrar o desgraçado que a feriu tão próxima, parece que um pouco do peso no meu peito diminui.

Conversar com alguém sempre ajuda, quando essas pessoas são seus verdadeiros amigos e o escutam sem julgamento, ainda mais. Para alguém como eu que não é do tipo falador, isso é uma espécie de remédio.

Decido passar o dia no escritório improvisado que precisei montar na cabana antes de nos mudar. Um cômodo adjacente que supre minhas necessidades.

As "férias" que eu merecia, mas não tinha planejado, resultaram em uma pilha de processos que eu não poderia simplesmente repassar a outros. Além disso, alguns clientes seletos preferiam lidar somente comigo.

Maddie ficou responsável por levar Angel para um passeio na cidade, então, tive um período sozinho para resolver tudo.

Fiquei o dia entre ligações em chamadas de vídeo lidando com a burocracia acumulada até que minha cabeça estava prestes a explodir.

Jennifer, minha assistente, alguns estagiários e os advogados associados ao meu escritório estão segurando as pontas e tudo vai permanecer dessa maneira até que as coisas se ajeitem.

Trabalho é minha última prioridade no momento.

No meio da tarde, também recebo uma ligação da minha mãe para dizer que está viva. Curtindo um cruzeiro no Caribe. *Nenhuma surpresa.*

Quando a noite está começando a desabrochar no céu, o telefone toca novamente, o nome da minha irmã piscando na tela.

Provavelmente para dizer que está trazendo Angel para casa.

Quando atendo, no entanto, e a voz trêmula de Maddie aparece do outro lado e todo meu corpo fica tenso.

— Thony... — Ela soluça, criando um enorme sinal de alerta em minha cabeça. — Angel desapareceu.

Meu coração começa a bater desesperadamente no peito.

— O que quer dizer com "desapareceu"? Ela não estava com você? Eu tinha homens em torno do restaurante de olho em vocês. Como pode ter desaparecido?

— E-eu não sei. Não sei... — Minha irmã soluça, aos prantos. — Estávamos sentadas na calçada, conversando em uma das mesas do restaurante. Saí por cinco minutos para receber um fornecedor, e quando voltei, ela havia sumido. Simplesmente sumiu!

As palavras dela ecoam em meus ouvidos como um alarme ensurdecedor, a notícia me atingindo como um soco no estômago. Uma sensação de pânico se espalha rapidamente pelo meu peito, como se alguém apertasse meu coração com as próprias mãos.

Enquanto minha irmã continua a falar, cada palavra parece carregar um peso insuportável, uma angústia que se infiltra como um veneno mortal.

O pavor é tão intenso, como se no fundo, eu já soubesse que a perdi.

Não fui capaz de protegê-la. Meu corpo paralisa por um instante, completamente perdido até meu cérebro enviar uma carga de adrenalina certeira que me põe de pé. Eu reajo porque não vou desistir. É Angel. Não posso aceitar a derrota antes de lutar.

Freneticamente, busco por minhas chaves e saio correndo.

— Fique onde está. Estou indo.

Quando alcanço a porta de entrada e meus pés batem no gramado em frente a varanda, meu coração está perto de sair pela boca. Minha visão já embaçada pelo nervosismo, mas ainda capaz de enxergar uma viatura policial subindo a colina em direção à minha casa.

Não. Isso não pode ser uma boa notícia.

Quando o carro para ao lado do meu, vejo Angelina sair do banco passageiro e meus joelhos quase dobram de alívio.

— Angel... — Corro até ela, seguro seu rosto entre minhas mãos para me certificar de que ela está bem, sã e salva, bem aqui a minha frente e uma linha fina se forma em minha boca ao notar seu rosto choroso, o semblante assustado. — O que aconteceu? Você está ferida? Alguém a machucou?

O policial desce do carro e me olha com uma expressão em branco.

— Eu a encontrei perdida próximo à rodovia. Ela estava assustada, chorando e pediu que eu a trouxesse até você. Não disse muito, perguntei se queria ir à polícia ela disse que não.

— Angel... Se alguém a feriu, você precisa dizer.

— N-não aconteceu nada — ela gagueja, apertando o tecido da minha camisa com força. — Eu só me assustei.

— Tem certeza? — Seguro seu rosto para me certificar e ela assente implorando com os olhos para não ser pressionada.

Deixando escapar um suspiro e sentindo meu coração saltar no peito, seguro-a em meus braços. Com força.

— Tudo bem. — Volto minha atenção ao policial. — Obrigado por trazê-la em segurança.

— Por nada, senhor. Tenha uma boa noite. — Ele inclina seu rosto em direção a Angel. — Se cuide, senhora.

— Obrigada.

— Estou enlouquecendo, não é? — pergunta, numa súplica. — Estou enlouquecendo. Vi uma sombra, no meio da rua e sai correndo. Que tipo de pessoa faz isso? Uma pessoa normal não age dessa maneira, Anthony. Estou perdendo de vez a minha cabeça.

— Não, linda. Não pense assim. Você se assustou, só isso. Entrou em pânico e tentou se proteger. E fez certo, entendeu? — falo numa voz tranquila, a fim de acalmá-la.

Ainda posso sentir o tremor de seus músculos. E reconhecer o terror no fundo de seus olhos.

— Não posso viver a vida com medo de tudo. Além da minha cabeça fodida, ainda mais essa?

— Acalme-se. Está tudo bem agora. Estamos aqui.

— Deus... — Ela se aconchega em meus braços, esfregando o rosto contra minha camisa. — Gostaria de ficar assim para sempre. Pelo menos aqui, com você, sei que nada pode me machucar.

Santo Deus.

Eu não mereço essa mulher.

— Faremos isso hoje. Vamos ficar assim para sempre, raio de sol.

— Tenho uma ideia melhor ainda.

Ela levanta o rosto, seus olhos azuis brilhando. Sua boca roça a minha suavemente, os dentes mordiscando meus lábios, a pele delicada se esfregando contra minha barba.

— Me leve para o quarto.

Que homem em sã consciência negaria um pedido desse?

Levanto-me do sofá onde estamos deitados, pego-a no colo e subo as escadas.

Depois de sua chegada confusa, ela tomou um banho, colocou uma camisola e se aninhou em meus braços contando tudo que tinha acontecido e como acabou encontrando a viatura policial, perdida e assustada.

Seu pânico era mais que pertinente, só não queria que ela soubesse.

Mandei uma mensagem a Zade, pedindo que ele colocasse alguns de seus homens em volta da minha propriedade e perto do restaurante de Maddison, apenas no caso.

Espero encontrar esse homem rápido o suficiente para que Angelina nunca mais precise sentir medo.

Mas esses são planos para o futuro, agora só quero que ela se sinta bem.

No quarto, minha primeira tarefa é nos livrar de todos os empecilhos entre nós. Levo cerca de quinze segundos para puxar minhas roupas fora e arrancar a camisola de seu corpo.

— Deite-se e coloque essa linda bunda para cima, Angel.

Ela hesita apenas por um microssegundo. Um olhar silencioso que faz meu pau inchar ainda mais e deixa minha garganta seca.

Sobe de joelhos na nossa cama, empinando aquele rabo gostoso e se deita, exatamente como pedi.

Boa garota.

Apoio-me sobre ela, meus joelhos entre os seus, minha mão livre pressionando a parte baixa de suas costas. Inclino e beijo sua espinha, até a nuca, fazendo-a estremecer sob meu toque.

— Vou fazer com que se sinta bem, linda — digo, movendo a mão para baixo sobre a curva perfeita de sua bunda e entre as pernas.

Suas costas arqueiam como cordas de piano e quando minha mão escorrega para o meio de suas coxas e meus dedos investigam suas dobras, encontro-a molhada como uma cachoeira.

Esfrego a carne quente e molhada de sua boceta, seu clitóris.

Meu maldito paraíso.

Ela ofega suavemente nos travesseiros. Ainda a esfregando, coloco a outra mão na nuca dela e envolvo seu cabelo, torcendo as mechas loiras nas costas da minha mão.

Ela responde ofegando de novo e levantando os quadris da cama, abrindo mais as pernas para me dar mais acesso.

Tão aberta, tão pronta.

Nunca iria querer outra mulher além dela.

Mantendo minha mão em seu cabelo, esfrego sua boceta uma última vez, em seguida, movo meus dedos lisos de volta para sua bunda. Ela respira com dificuldade nos travesseiros e seu corpo fica tenso, mas depois ela se pressiona contra mim, explorando, gostando. Circulo meus dedos, deixando-a sentir, fazendo a sensação fluir.

— Nós faremos isso, linda — prometo, estimulando a entrada com promessas. — Não hoje, no entanto.

— Oh, Deus, Anthony... — ela diz suavemente.

Enfiando uma das mãos em sua barriga, impulsiono para que ela suba na cama e sua bunda perfeita fique para cima. Sem poder me conter, abaixo-me e enfio os dentes em sua pele, deixando uma marca arredondada na região carnuda.

Então, posiciono meus quadris e lentamente vou entrando nela por trás. Sua boceta exposta e no ângulo perfeito para me receber. O brilho de sua excitação me fazendo babar e desejar lambê-la mais tarde.

Um gemido gostoso passa por seus lábios quando meu pau a preenche, empurrando até o fim. Suas paredes escorregadias me recebendo como se fossem feitas para mim.

Meu exato tamanho. Minha exata forma.

Minha mulher.

Sendo fodida lenta e doce por meu pau.

Minha mão se firma em sua nuca, minha mandíbula range na tentativa de aplacar a necessidade de tornar isso frenético.

Ela precisa de suavidade hoje. Precisa ser lembrada que estou aqui, ao seu lado, e posso protegê-la.

Suas costas se contorcem, os quadris se movem e rosno desesperadamente, cobrindo suas costas com meus músculos.

Serpenteando meu braço para frente, encontro o bico de seu mamilo e o aperto em torno dos meus dedos, o polegar e o indicador girando o biquinho delicioso. Minha boca procura por seu pescoço, enterrando o rosto nos fios soltos de seu cabelo, meu pau a preenchendo, seus gemidos me excitando.

Perdi as contas de quantas vezes a fodi nos últimos dias e, *Jesus*, nunca parecia suficiente.

Com movimentos enlouquecidos, uma de suas mãos se moveu para o meio de suas pernas e eu a cobri com a minha, liberando seu mamilo.

Ela começou a estimular o clitóris e eu a ajudei, sem deixar de me mover dentro dela.

— Isso, linda — pedi, sentindo minha respiração começar a falhar. — Toca essa bocetinha e goza em cima do meu pau. Quero sentir seu gozo escorrendo em cima dele.

Assim como pedi, ela continuou estimulando a zona erógena, meus dedos a ajudando, meus quadris se movendo até que aconteceu exatamente como falei.

E Angel se contorceu, gozando sobre mim.

Deliciosa.

Tão malditamente perfeita!

CAPÍTULO 28

Dawson Voight

Observo as fotos espalhadas sobre a mesa, e o ódio queimando em minhas veias como um fogo incontrolável. Elas parecem zombar de mim, uma cruel provocação visual, como se cada imagem dissesse: *bem-feito filho da puta! Olhe só como essa vadia está bem sem você.*

Irritado, agarro um monte delas, rasgando-as com fúria.

Como pude ser tão idiota? Como pude confiar nesta caipira desgraçada?

Eu dei tudo a ela! Absolutamente tudo! Estudo, um nome, uma casa, joias, roupas decentes, educação. Coloquei um teto sobre sua cabeça quando ela não tinha nada.

Tirei essa filha da puta da sarjeta e cuidei de sua mãe moribunda por anos. *Anos!* Para ela me retribuir dessa maneira?

Quem ela pensa que é?

Seu sorriso me causa repulsa. A felicidade estampada em seu rosto, amando estar nos braços de outro homem, como se não tivesse acontecido a minha custa.

São fotos de seu passado, esparramadas na minha frente com o lembrete de que eu deveria ter investigado melhor. Eu não acreditei, não acreditei que ela podia ir tão longe.

Quando a merda explodiu e ela se jogou da porra do meu carro preferindo a morte a estar do meu lado, achei que a desgraçada tivesse morrido. *Desejei* que ela estivesse morta, debaixo da terra servindo de comida para os bichos.

Eu não tinha tempo, muito menos paciência para me importar, deveria conseguir fugir naquela noite, se tivesse feito a essa altura estaria bem longe, mas já era tarde demais. A polícia havia emitido um aviso à minha procura muito antes do que fui avisado. Por causa dessa vadia, tive que me esconder feito um rato e quando coloquei alguém para se certificar de que ela estava morta e se livrar de seu corpo, para que eu não tivesse mais problemas, descobri que foi resgatada com vida.

Comecei a investigar e descobri tudo. Ela e esse homem que a levou têm um relacionamento de muito tempo, provavelmente planejaram tudo isso para me foder e agora ela deve estar lá, curtindo sua vida enquanto eu estou aqui, nesse buraco.

Perdi tudo que eu tinha, todo o império que construí e o país que governava por causa dela.

Ela acredita mesmo que pode me destruir e seguir em frente como se nada tivesse acontecido?

Pois vou provar o quanto ela está enganada.

Agarro a primeira coisa que encontro na minha frente, que acaba sendo uma garrafa de vodka vazia, e jogo na parede.

Minha raiva borbulhando.

Mas também, o que eu esperava? *Ela é uma mulher.* Uma vagabunda interesseira como todas as outras. Achou uma oportunidade melhor e quase acabou com minha vida.

Um plano começa a se formar em minha mente, um plano que vai levá-la ao fundo do abismo de onde ela não poderá escapar.

Angelina será a minha arma. Finalmente, depois de seis anos aturando sua presença inútil, minha adorável esposa terá alguma utilidade.

Caminho pelo piso empoeirado do escritório, odiando a forma como a madeira range sob meus sapatos caros. A casa que estamos usando de esconderijo é algo decadente. Pobre, velha e fétida.

— Os homens estão preparados? — pergunto a Andrew, meu assessor pessoal, assim que ele entra na sala.

Ele é um homem fiel, que tem me acompanhado há muitos e muitos anos. Eu gosto de sua eficiência. Assim como gosto de seu rabo apertado que é ótimo para foder.

— Sim, senhor.

— Então, dê o sinal. Diga para eles irem atrás dela e trazerem para mim. Viva. Não me importo como. Se precisar matar alguém, mate. Apenas garanta que Angelina esteja viva para chegar aqui.

— Há muita segurança em torno dela senhor, acha mesmo essa uma ideia prudente?

— Andrew, Andrew... Você pensa que sou estúpido?

De pé, caminhando pelo escritório da casa em que estou usando de esconderijo, eu chego perto dele e puxo seu cabelo, agarrando por trás os fios curtos de sua nuca, sua estrutura pequena se rendendo ao meu toque.

— Eu sei o que estou fazendo. Tudo bem? Agora faça o que estou mandando!

Seus olhos cor de mel brilham de medo e tenho que lutar para que meu pau não fique duro.

— S-sim, senhor... — ele gagueja, sua vulnerabilidade me atrai.

Sem mais palavras, Andrew deixa a sala, e fico sozinho, satisfeito com o controle que exerço sobre ele. No entanto, meu foco muda para o que está por vir.

Meu trabalho me tornou um homem rico, uma pessoa que conquistou seu espaço e não permitirá que nada o impeça. As pessoas têm memórias curtas. Esquecerão.

— Você a ama, não é mesmo, Sr. Cahill? — sussurro, pegando um pedaço das fotos destruídas. — Vamos transformar isso em algo útil.

CAPÍTULO 29

Angelina

MENTIRAS E MAIS MENTIRAS

Anthony tinha saído para resolver algo importante sobre o trabalho e fiquei sozinha na cabana. Apenas os seguranças que ele deixou de prontidão cuidando da casa do lado de fora.

Depois do episódio que saí correndo com uma louca de um desconhecido no meio da cidade, ele achou melhor garantir.

Eu achava absurdo, afinal, era tudo coisa da minha cabeça, mesmo assim, deixei que fosse feito do seu jeito. Ele ficaria menos preocupado.

E não tinha de ficar comigo vinte e quatro horas por dia nesse caso.

Algo me dizia que nosso período de férias estava acabando.

Dinheiro não é um problema para nós, percebi isso muito fácil, mas não é um segredo que eu não consigo esconder nem mesmo meus incômodos desse homem.

Depois de notar minha chateação por ficar aqui sem nada para fazer, sugeriu que procurasse algo que gosto para me entreter. Ele me levou mais algumas vezes para passearmos a cavalo, eu montei Tempestade sozinha algumas vezes e foi a coisa mais incrível do mundo.

Então estava ponderando minhas opções. Estudar veterinária provavelmente seria a melhor delas.

Ser apenas "sua esposa" não é uma coisa que me agrada.

Claro, nosso relacionamento está indo tão bem que eu não posso dizer o quando me sinto feliz ao lado dele. Como se não existisse nenhum outro lugar para estar além do seu lado, mas, eu ainda me sinto pequena e insignificante em alguns momentos.

Como se uma voz em meu interior vivesse dizendo que não sou suficiente.

Que eu preciso ser *mais.*

Mas preciso ter paciência. Lentamente, as coisas estão voltando e eu encontrarei um caminho. Talvez, até usasse tudo que aconteceu ao meu favor para ir atrás do que eu realmente desejo.

No meio da tarde, quando o sol começou a cair no horizonte me deitei no sofá enquanto o esperava voltar, meus olhos cansados piscando sob a penumbra da luz fraca. Eu estava me sentindo tão cansada ultimamente, que estava com medo de acabar doente.

Meus olhos se fecharam, na esperança de apenas descansar por alguns segundos, mas acabei pegando no sono.

Uma porta e um corredor.

Esse é o pesadelo em que estou presa no momento.

Não havia monstros tentando me matar, vozes para me assombrar.

Pelo contrário, em vez da escuridão, uma claridade que me cega e um chamado a seguir em frente.

Uma porta brilhante no final do caminho me tenta a querer descobrir o que está atrás dela. Uma voz interna que sussurra dizendo que devo me dirigir até lá, embora meus passos se tornem uma luta a cada avanço. Como se eu soubesse, de alguma maneira, que o que me aguarda além daquela porta pode me causar dor.

Uma angústia intensa se apodera de mim, transformando meus passos em um esforço penoso, e meu corpo se encharca de suor de repente. Escorrendo por minha testa. Encharcando minhas costas.

Quando a alcanço, meus dedos se enrolam na maçaneta, e eu a giro lentamente, abrindo com os batimentos acelerados no peito. O que se revela do outro lado faz minhas pernas fraquejarem.

Imagens que estavam guardadas em algum recanto obscuro de minha mente surgem de uma só vez, atacando-me como um assalto. Sou aprisionada por um pesadelo insuportável, uma realidade que eu não queria enxergar.

Anthony.

Meu marido.

O homem em quem confio.

Aquele que eu acreditava ser incapaz de dilacerar meu coração.

Com outra mulher.

Suas mãos percorrendo seu corpo, tocando-a da mesma forma que costuma tocar em mim, despedaçando-me em incontáveis fragmentos.

Eu fico ali parada, sem saber como reagir, vendo aquela cena e implorando para despertar.

Não pode ser real. Não pode ser.

— *Não!*

Desperto num salto frenético, a respiração ofegante ecoando no silêncio da casa. Minhas mãos tremem enquanto abro os olhos, encontrando o ambiente mergulhado na escuridão e na solidão.

Sento-me no sofá, a textura do tecido sob meus dedos é quase reconfortante, mas minha mente está tomada por uma agitação que parece indomável.

A escuridão começa a se fechar ao meu redor, uma presença opressiva que ecoa a tormenta interna que sinto.

Tento controlar meu próprio desespero, segurando as laterais da minha cabeça com firmeza, como se pudesse apagar o que acabei de ver. Algo me atingindo na região das têmporas como se um milhão de punhais as perfurasse.

As imagens em meu sonho persistem, repetindo-se sem piedade, como um filme cruel em um loop implacável.

— Não — sussurro para mim mesma. Embora as palavras sejam abafadas pela ansiedade que inunda minha mente. Quase como um mantra, repito: — Não pode ser real.

Imploro silenciosamente, meu íntimo clamando para que tudo seja apenas uma criação perturbadora da minha própria mente, um delírio momentâneo que vai se dissipar assim que a luz do dia retornar.

Ou quando ele aparecer e negar tudo.

Abraçar-me, dizendo que tudo vai ficar bem, mas... Algo bem no fundo diz que não estou imaginando coisas.

Isso não faz parte de uma alucinação que meu subconsciente criou para me assombrar.

É real.

Eu sinto que é real.

Tropeçando fora do sofá, eu me levanto e busco pelos meus sapatos.

Não posso ficar aqui.

Não posso.

Preciso entender o que está acontecendo.

Preciso descobrir se isso é verdade.

E nessa situação, Anthony não é mais uma pessoa confiável.

Coloco um casaco por cima da camisola fina que estou usando, calço um par de tênis nos pés e saio para a noite fria.

Observo um segurança de sentinela a alguns passos de distância da varanda, sua postura firme e vigilante.

— Ei, você! — chamo, minha voz firme e decidida, o que faz o homem se voltar na minha direção com uma expressão confusa. — Preciso que me leve a um lugar.

Ele hesita momentaneamente, como se estivesse avaliando a situação, e então começa a falar:

— O Sr. Cahill deu ordens para...

Não permito que ele complete a frase, interrompendo-o com resolução.

— Não me importo com as ordens que meu marido deu. Preciso ir a um lugar, e vou com ou sem você. Ou me leva até lá ou pegarei um carro e irei sozinha.

A determinação em minha voz não oferece margem para negociação, nem para dúvidas. Ele olha para mim por um momento, como se estivesse avaliando minha determinação, antes de finalmente assentir em relutância.

Digo ao homem para onde ele deve me conduzir, e cerca de quinze minutos depois, paramos em frente a uma casa grande, envolta em escuridão. A porta de madeira maciça parece me chamando a distância novamente.

Com respostas que talvez eu nem esteja pronta para encontrar.

O coração bate com intensidade, quase como se estivesse tentando romper a barreira do meu peito.

Mas não posso parar. Não posso temer, então saio do carro, toco a campainha e espero.

— Angelina? — A voz grossa e tranquila pergunta, seus olhos escuros brilhando na noite plácida assim que me encontra.

Fico paralisada na soleira, incerta de como agir diante da figura de Zade parado na minha frente, com o peito nu exibindo suas inúmeras tatuagens, os cabelos bagunçados como se tivesse saído da cama às pressas.

Minhas mãos apertavam uma à outra com puro nervosismo.

— O que aconteceu? — Com o semblante preocupado, coloca-me um passo para dentro e move seu pescoço para o lado de fora fazendo uma leitura rápida de território com seus olhos treinados. — Por que está aqui sozinha? Anthony está bem?

— Ele não sabe que vim. Quando saí, ele ainda não tinha voltado.

Franzindo o cenho, ele pisca para minha informação sem entender nada e nesse segundo sinto como se uma barreira se rompesse dentro de mim.

Eu começo a chorar. Descontroladamente. Com soluços feios e dolorosos que não parecem nem mesmo perto de parar.

Sem que eu pedisse ou falasse qualquer coisa, a muralha de músculos me envolve em um abraço terno.

Eu não entendo por que as pessoas costumam ter medo dele. Ele era carrancudo, sim, e silencioso perto daqueles que não conhecia. Eu me lembrei disso de forma lenta, mas havia ternura em seu olhar. Uma hombridade enraizada que me transmitia segurança.

Como a de um irmão mais velho protetor.

— Shhhh, querida. Por favor, não chore — ele murmura; a voz um sopro gentil. — Se algo está errado, basta dizer. Nós vamos resolver.

Eu me enfio mais em seu abraço apreciando o conforto, mesmo sabendo que nada do que ele diga pode acalmar meu tormento.

Eu só preciso saber a verdade.

Fungando, desvencilho-me e procuro seu rosto. Precisando encontrar minhas respostas.

— Zade, se eu te pedir, você pode ser sincero comigo?

Seus olhos ficam nublados de repente, como se soubesse de alguma coisa, e engulo em seco, fechando os olhos.

— *Anthony já me traiu?*

Meia hora depois, encontro-me empoleirada no sofá de Zade, um cobertor em minhas costas, uma xícara de chá fumegante sobre o móvel de madeira ao lado. Minha cabeça fervendo.

Nenhuma palavra foi necessária para transmitir a resposta à pergunta que eu tinha feito a ele. O conhecimento passou rapidamente através de seus olhos, como uma sombra momentânea de compreensão e pesar.

Chorei ainda mais.

Solucei e lamentei por meu próprio coração e de repente, sem esforço, como se não bastasse, as cenas começam a vir a minha cabeça uma atrás da outra.

Eu parecia mais nova, estava nervosa, queria surpreender Anthony. Era para ser um dia especial. Eu tinha ganhado uma bolsa de estudos na faculdade. Ficaria perto dele.

Tinha planos em minha cabeça, de nós dois juntos naquela cidade.

E tudo terminou desfeito e estraçalhado quando o encontrei com outra.

"Nunca daria certo" foi o que ele disse. Com um olhar tão frio que eu não conseguia entender como tudo acabou como está agora.

Foi por isso que desisti do meu sonho? *Por causa dele?*

Nosso casamento era uma mentira?

Eu havia o perdoado? Como? Se a dor parecia me rasgar de fora para dentro.

Um nó se formou em meu estômago, uma sensação de queimação brotando em meu peito. Era como se a dor emocional se tornasse física, uma prova tangível da agonia que eu sentia e eu fecho os olhos, quase sem suportar.

Tudo estava tão confuso, tão bagunçado e de repente a sensação era como se eu não entendesse mais nada.

Voltei no tempo para o dia que acordei naquela cama de hospital, desorientada, assustada e sem memórias.

Um barulho rompe o silêncio, e meus olhos se abrem para ver Anthony entrando na sala, sua expressão uma mistura de preocupação e pavor.

— Angel? O que aconteceu? Por que você está aqui? — Sua voz ecoa com um tom inquieto. — Zade me ligou e disse que você não queria voltar para casa...

— Também disse, expressamente, que ela não queria te ver — Zade completa, cruzando os braços. — Inclusive, estou bem perto de te chutar para fora da minha casa.

Anthony olha seu amigo como se dissesse: *você pode muito bem tentar* e se ajoelha a minha frente.

Minha boca parece repentinamente seca, minha garganta se fecha, como se um nó de nervosismo estivesse bloqueando o caminho do ar, sufocando-me.

Fito um ponto cego sobre sua cabeça, incapaz de encará-lo. Evitar aqueles olhos nos quais eu acreditava encontrar segurança.

Uma profunda e tumultuosa tempestade de emoções me assola, enquanto eu luto para encontrar as palavras adequadas para explicar o inexplicável.

— Eu fui te visitar uma vez em Nova York... — começo a dizer, minha voz saindo como um fio tênue de som.

Um silêncio profundo se instaura, espalhando-se como uma névoa densa e dolorosa.

— Angel... — Sua voz irrompe, carregada de apreensão e quase trêmula de desespero.

Eu permito que meus olhos busquem seu olhar, na esperança de encontrar qualquer sinal de desconhecimento; uma confusão que possa me dizer que ele não faz ideia do que estou falando. Mas, o que encontro é uma devassidão assombrosa.

— Não... — Um gemido escapa de meus lábios, minha mão instintivamente cobrindo meu estômago, dobrando-me ligeiramente para frente como se eu pudesse aliviar a dor.

Ele levanta sua mão e tenta tocar meu rosto, mas fujo de seu toque, não podendo suportar isso.

— Como você pôde me esconder isso? Como pôde me fazer acreditar em um casamento feliz... — Minha voz se eleva, repleta de uma mistura tumultuada de emoções. Lágrimas pesadas começam a cair, traçando um rastro pelas minhas bochechas. — Você aproveitou meu acidente. Aproveitou o fato de que eu tinha esquecido tudo para esconder sua traição.

As palavras saem carregadas com angústia.

— Angel, não... Eu posso explicar. — Anthony tenta me tocar de novo, uma expressão aflita em seu rosto, mas eu não me importo.

Afasto-me e levanto do sofá, fugindo da proximidade.

Não posso estar perto dele agora.

Como pude acreditar em qualquer coisa? Como pude não desconfiar de que algo estava errado?

Jesus, que bagunça.

— Linda, por favor, me deixa explicar. As coisas são mais complicadas do que você pensa. — Ele continua, mas meus ouvidos estão bloqueados para suas palavras.

— Não quero nenhuma explicação. Não preciso de explicação.

— Não faça isso.

Eu olho para Zade, implorando por ajuda, e Anthony rosna como um animal quando o amigo tenta puxá-lo.

— Vocês podem conversar depois, cara. Esse não é o momento.

— Não se meta nisso! — grunhe raivosamente. — Nós vamos conversar hoje.

Com determinação, ele caminha em minha direção e tento dar alguns passos para trás, sem sucesso, pois não consigo ir muito longe.

Suas mãos me seguram com força, obrigando-me a manter meus olhos fixos aos seus, sem escapatória.

— Eu vou contar tudo, Angel. Absolutamente tudo. Eu juro, juro pela minha vida. Só não me peça para fazer isso aqui. Venha comigo para casa e me deixe explicar, por favor...

— Não posso. Não posso, Anthony. *Não posso* — continuo repetindo, negando-me a acreditar em qualquer coisa que saia da sua boca.

Ele cola sua testa contra a minha, fazendo nossas respirações se misturarem. Seus olhos marejados, como se estivesse compartilhando da mesma dor que eu.

— Por favor, estou implorando. Não vou tocar em você, não vou nem estar perto de você se não quiser depois de tudo... Só preciso, por favor, que me escute.

Eu fecho os olhos, sem conseguir olhá-lo por mais um segundo, com força suficiente apenas para concordar com a cabeça.

Só porque preciso saber de tudo. Absolutamente tudo, *mesmo que doa.*

CAPÍTULO 30

Anthony

ESTOU TÃO PERTO

Eu não queria que fosse dessa maneira. Não *deveria* ser dessa maneira.

Eu tinha ensaiado esse momento, orquestrando o discurso meticulosamente em minha mente durante dias. Sabia o que dizer e como dizer. Planejava confessar tudo a ela, desde aquela fatídica noite do incêndio até hoje.

O risco de perdê-la era enorme, batendo na minha porta com ameaças tangíveis o suficiente para me fazer estremecer, mas não podia continuar dessa maneira.

Ela precisava saber de toda a verdade.

Contaria das ameaças de Gabriel. Do perigo que ela corria ao ficar comigo no passado.

Da sua visita a Nova York e do flagra que armei para que ela me visse com outra e mantivesse distância.

A mulher com quem Angel me pegou na cama era uma prostituta. Nada mais que isso. Paguei 300 dólares para ela tirar suas roupas e me deixar tocá-la por cinco minutos, depois a mandei embora e sofri feito um filho da puta pelo que tinha feito.

Foi um plano idiota. Precipitado.

Mas as ameaças de Gabriel estavam cada vez mais perigosas. Na verdade, quando as ameaças começaram a se tornais reais, fiquei apavorado e agi sem pensar. Assim que descobri que ela estava vindo me visitar, armei aquela babaquice e estou sofrendo a porra das consequências até hoje.

Animais mortos apareciam na casa da minha família. O carro da minha irmã teve os freios cortados uma vez. Uma das irmãs de Zade foi encurralada em um beco e espancada sem motivo algum.

O irmão de Dallas sofreu um "acidente" que ninguém conseguia explicar ou entender e acabou perdendo sua vida. Tudo isso enquanto o filho da puta Gabriel Castiello estava à solta.

Ele achava que Zade, Dallas e eu éramos responsáveis por toda desgraça em sua vida e estava disposto a ir até as últimas consequências para nos fazer pagar.

O desgraçado merecia apodrecer na cadeia pelo terror que nos fez passar por quase três anos.

E eu estava pronto para dizer cada palavra dessa história a Angelina.

Depois que Dawson estivesse nas mãos da polícia, *não agora.*

E eu estou tão perto!

Passei o dia com Dallas, em uma conversa intensa com seu "conhecido". Estudamos todas as propriedades onde Dawson poderia se esconder e assim que descobríssemos qual delas, iria caçá-lo.

Faltava muito pouco para garantir sua segurança, muito pouco.

Eu só precisava de mais alguns dias para poder me livrar desse peso, mas em vez disso, suas memórias do pior dia de nossas vidas haviam voltado e antecipado os planos, provando mais uma vez que não tenho controle de nada.

Suspiro pesado, exalando a respiração através do silêncio do carro.

Ela não disse nada, eu não disse nada e provavelmente seria todo o caminho assim. Até chegarmos à cabana.

Queria tanto poder segurá-la e tirar aquela expressão de angústia de seu rosto, porém, quando eu era o único responsável por sua dor, só podia dar a distância que ela desejava.

Não sei como vai receber o que tenho para dizer. Não sei como vai aguentar a verdade sobre sua vida, a única coisa que tenho certeza é que vou mantê-la segura, não importa o que tenha de fazer.

Cada quilômetro percorrido parecia um peso em meus ombros.

Angel está ao meu lado, encolhida e frágil. E eu temo que quando seu mundo se quebrasse, mais uma vez, ela não me deixasse ajudar.

Ela pode me odiar.

A estrada sinuosa seguiu paralela a rodovia, e a escuridão era profunda como a própria noite.

Minha velocidade diminuiu quando me deparei com um carro parado na interseção à frente. Os faróis de um veículo surgiram do outro lado de repente, iluminando nossa proximidade e uma enxurrada de palavrões escapou de meus lábios enquanto eu reduzia a velocidade novamente para não bater. Mas o outro motorista parecia estar vindo diretamente em nossa direção, sem sinal de diminuir.

Agarrei o volante com força e pisei nos freios, meu coração disparando enquanto tentava evitar a colisão com o SUV. No entanto, o impacto foi inevitável. Nossos veículos colidiram, o choque fazendo o mundo ao meu redor girar em um borrão. Senti o impacto no lado do motorista, e meu corpo foi empurrado pelo choque, conduzindo nosso carro para fora da estrada em direção ao acostamento.

A dor explodiu em minha cabeça, uma avalanche de sensações avassaladoras. Um gosto metálico invadiu minha boca, e percebi vagamente o cheiro de sangue no ar. Tentei manter meus olhos abertos, lutando contra a escuridão que ameaçava me envolver. Angel estava ao meu lado, e eu queria ter certeza de que ela estava bem.

No entanto, antes que eu pudesse reunir qualquer pensamento coeso, tudo se tornou negro, e minha consciência se dissipou como fumaça.

Meus olhos se ajustam rapidamente à claridade. Um homem uniformizado enfiava uma luz diretamente no meu rosto. Levantei minha mão instintivamente para proteger meus olhos do brilho, e ele a abaixa.

— Senhor? Consegue me ouvir?

— Angel... — As palavras escapam da minha boca em um sussurro rouco. Minha primeira reação é procurar por ela, porém eu não consigo me mover.

Minha mente foca no impacto avassalador do acidente, as imagens voltando como fragmentos de um pesadelo. Rapidamente, abaixo-me para liberar o cinto de segurança, assobiando com a dor que irradia em minhas costelas.

— Senhor, acalme-se! Você precisa esperar pela ambulância. Não tente se mexer. Não sabemos se você tem algum ferimento interno.

O paramédico começa a lutar, tentando me manter quieto, mas no momento tenho outras prioridades.

— Onde está minha esposa?

A testa do homem enruga, olhos claros se estreitando em confusão.

Como se eu estivesse alucinando.

— Havia mais alguém no carro?

— Minha esposa! — Quase grito. — Minha esposa estava no banco do passageiro.

— Não encontramos mais ninguém. O lado do passageiro estava vazio. Apenas um vestígio de sangue. Vou pedir a equipe de bombeiros para que iniciem uma busca.

A realidade se abate sobre mim com a força de um tsunami. Eu desvio meus olhos em direção ao banco onde Angel estava. Lembro do carro nos atingindo propositalmente e nos empurrando para fora da estrada.

Meu coração acelera à medida que minha visão capta a ausência sinistra dela. A porta está aberta, vidro espalhado pelo lado de dentro como se alguém tivesse quebrado a janela, mas seu assento está perturbadoramente vazio.

Não foi um acidente.

Alguém a levou.

Forças que eu nem sei que possuo me sustentam para que eu consiga soltar o cinto de vez e empurrar o homem para fora do meu caminho, pressionando meu corpo através da lateral amassada e ficar de pé do lado de fora.

— Arrume um celular — lato, com urgência. — Preciso fazer uma ligação.

— Estou perdendo a porra da minha cabeça! — falo, andando de um lado para o outro.

Uma dor pungente em minha nuca está me matando, minhas costelas gritam como filhas da puta e todo meu corpo parece ter levado uma surra, mesmo assim, minha adrenalina corre por minhas veias de forma livre.

Os olhos de Zade se estreitam. Não há mais nenhuma gota de paciência restante nele. Muito menos um olhar amigável.

Ele está entupido por uma fúria impotente e revoltada tanto quanto eu. Em seu total modo soldado.

— Encontre a porra de um caminho, Hoss! — Bradq uma ordem. — Não temos mais tempo. Quero uma localização e vou te dar cinco minutos.

— Sim, senhor — o menino, que parecia muito jovem e muito magro para fazer parte de uma equipe integrada 100% de ex-militares concordou e continuou digitando freneticamente em seu computador.

Depois de ligar para Zade e informar sobre o acidente, o homem tinha explodido em atividade. Sua casa agora está abarrotada de pessoas, todos parte da sua empresa, até mesmo seu sócio Hunter Cross está aqui.

Dallas havia chegado há pouco tempo, trazendo a localização de cada propriedade que seu contato havia encontrado para tentarmos localizar Dawson, o que é exatamente que o gênio da computação de Zade estava tentando afunilar. Alguma pista que nos enviasse a direção certa.

Eu preciso encontrar Angel e tem de ser rápido.

O zumbido de um telefone toca em algum lugar e meus olhos procuram loucamente para ver de onde está vindo.

Minha atenção pousa sobre o meu próprio aparelho, que por um milagre, conseguiu sobreviver ao acidente. Meu coração badalando como um sino em meu peito quando me aproximo para atender.

Uma solicitação de chamada de vídeo vinda de um número desconhecido na tela.

— É ele.

Zade late uma ordem para que Hoss começasse a rastrear, assim como havíamos previsto para o caso de algum contato ser feito e o garoto fez um sinal positivo, indicando que eu atenda.

Todo o ar em meus pulmões desaparece quando a imagem de Angelina aparece na tela.

Com os pulsos amarrados para trás, sentada em uma cadeira. Um hematoma em sua testa, nariz sangrando e os olhos vidrados de medo.

Levou todo o autocontrole existente em meu sangue para que não comece a gritar. Meus músculos irradiando a raiva através da tensão, tão duros que provavelmente se parecem com pedra.

— Oh, Sr. Cahill, finalmente!

O olhar gelado de Dawson parado atrás dela, segurando seu cabelo em uma de suas mãos seria uma imagem que eu jamais me esqueceria.

A imagem de um homem morto.

— O que você quer? — pergunto sem rodeios, não querendo perder tempo.

Um sorriso frio cruza o canto de seus lábios.

— Quem disse que quero alguma coisa? Talvez tenha ligado apenas para te fazer assistir enquanto corto a garganta dessa vagabunda, afinal, é o mínimo depois dos problemas que ela me causou, não acha?

— Eu vou te matar seu filho da puta! — grito, olhando para a tela, o celular sendo pressionado com tanta força entre meus dedos que tenho medo de que possa se partir.

— Ei, ei... Se controle. Raiva não faz bem a ninguém. Além do mais, o único que deveria estar com raiva aqui sou eu. Você tomou para si algo que me pertencia, Anthony.

Ele aperta mais o cabelo loiro, curvando o pescoço para trás e dá um pequeno tapa no rosto dela.

— Não é mesmo, querida? — pergunta, olhando para baixo em seus olhos. — Fiz o favor de esclarecer todas as mentiras. Agora ela sabe que o único marido dela, sou eu.

— O que você quer? — grito novamente, não podendo assistir aquilo por mais tempo.

O pequeno gemido de dor de Angel reverberando pelos autofalantes quebrando ainda mais meu coração.

Eu vou matar esse homem. Fazer com que ele se arrependa amargamente de ter tocado suas mãos nela.

Um rato quando encurralado toma as piores atitudes possíveis e eu mostraria isso a ele. Eu arrancaria a porra do seu coração com meus próprios dentes e assistiria sua vida esvair diante dos meus olhos quando o pegasse.

Zade fez um sinal positivo do outro lado da sala, como se tivesse captado alguma coisa e meu coração disparou ainda mais.

Ansioso. Com uma necessidade de violência que eu nunca havia sentido.

— Diga o que você quer, Dawson. Diga a merda que você quer para não machucá-la e vou providenciar.

— Tudo bem! Tudo bem, Sr. Cahill! Você não gosta de brincadeiras, entendi. Então vamos direto ao ponto. Preste bastante atenção.

Meus dentes rangem, minhas mãos fecham em punho.

Eu escuto.

CAPÍTULO 31

Angelina

NÃO VENHA

Acordo notando de imediato que algo não parece certo. Uma sensação de inquietude que ainda não consigo identificar.

Tento mover meus braços, mas encontro resistência, algo áspero roçando contra a pele dos meus pulsos, quase chegando a arranhá-la. *Cordas.*

O reconhecimento súbito preenche minha mente, fazendo-me buscar o que aconteceu com um clamor baixo para que as memórias venham.

Um acidente.

A lembrança do trajeto com Anthony retorna de forma completa.

Nosso encontro na casa de Zade, a descoberta sobre sua traição, a dor que senti. Tudo vem à tona, porém deixo em segundo plano, já que sinto que há problemas maiores para me preocupar no momento.

O impacto violento, o carro sendo arrastado pelo asfalto. Uma sombra rompendo o vidro do meu lado, o pânico me agarrando enquanto era arrancada à força do veículo.

A dor aguda de um golpe na cabeça antes de me jogarem dentro de um porta-malas.

Lembro-me de tudo.

Sons sutis de passos reverberam no ambiente, ecoando como um presságio sinistro. Um aroma familiar se insinua, e involuntariamente meu corpo se encolhe em resposta, reagindo a essa presença com repulsa.

Não tenha medo Angel, não tenha medo.

Repito a mim mesma, para me acalmar. Porém, a voz dos meus pesadelos aparece, impedindo as batidas do meu coração de encontrarem um ritmo normal e por um breve momento, questiono se não morri naquele acidente e fui enviada ao inferno.

— Olá, querida! — O som trava meus ossos e gela minha espinha, levando-me a pensar que estou presa na escuridão, no limbo do esquecimento novamente.

Essa é a única explicação.

Com coragem, forço-me a abrir meus olhos de forma lenta, desejando que o reconhecimento do ambiente leve embora essa sensação.

E quando o faço, percebo que estou enganada. Dessa vez, ele não é apenas uma aparição.

É um monstro *real,* de carne e osso, bem à minha frente.

— Ouvi dizer que não se lembra de mim — o loiro de olhos gelados contempla. Sua postura tranquila e imponente, como se nada pudesse perturbá-lo. — Como pode se esquecer de seu próprio marido, Angelina?

Espremo meus olhos quando a dor em minha cabeça começa a aumentar. O som daquela voz despertando um rangido repentino que consigo sentir pulsando dentro do meu cérebro.

Imagens daquele pesadelo que eu revivia quase todas as noites, com aquela criatura sombria que perturbava meu sono se desintegrando em meus pensamentos e trazendo de volta lembranças que eu não sabia onde estavam escondidas.

Não.

Não é real. Ninguém pode me machucar. Ninguém pod...

— Ninguém pode me machucar — começo a sussurrar.

Um tapa muito verdadeiro atinge minha face, fazendo minha bochecha arder e meus olhos lacrimejarem. Puxo as cordas que se agarram aos meus pulsos, desejando ficar bem longe deste homem, mas não tenho escolha. Não estou indo a lugar algum.

A informação reverbera em meu cérebro junto de outras e mais outras que me fazem piscar, perfurando-me como punhais afiados.

— Como pode esquecer o homem que a salvou da miséria? Que impediu sua mãe moribunda de ter uma morte lenta e dolorosa? Como pode esquecer tudo que fiz por você?

Oh, Deus!

Eu começo a hiperventilar. As imagens vindo uma trás da outra. Uma náusea me domina e, sem que possa me impedir, inclino para o lado e vomito a bile em meu estômago.

Dawson.

Dawson Voight está na minha frente.

Meu verdadeiro e único marido.

Quando desperto novamente, sem nem saber como acabei desmaiada, todo meu corpo está doendo. Com um balde de água gelada em minha cara e o peso familiar de seu punho, eu já sei de tudo.

Tudo, cada mínimo detalhe, havia voltado para meu cérebro como se nunca tivessem desaparecido.

Os anos perdidos que o acidente me tomou. Minha história com Anthony. O modo como tudo acabou e porque acabei casada com esse homem vil.

Minha mãe.

Senhor!

Meu coração dói, lágrimas surgem involuntariamente e tenho que puxar respirações, uma atrás da outra para me impedir de surtar.

O que descobri sobre ele.

Minha forma de chantageá-lo para conseguir minha liberdade. Minha tentativa de fuga, suas promessas de tornar a minha vida ainda mais miserável depois que o entreguei, o corpo de Marta morto aos meus pés e minha desistência.

Uma verdade tão feia.

Eu preferia morrer a ter de ficar mais um único segundo em sua presença. E o sentimento prevaleceu. Mesmo depois de me jogar de um carro em movimento e quase morrer, continuo desejando qualquer coisa a estar ao lado deste homem.

Dúvidas começaram a me perseguir. Como Anthony me encontrou? Por que ele disse que era meu marido?

Tudo se misturando aos dias do perfeito paraíso que vivi até meu pesadelo voltar.

Acho que foi um sinal da vida, dizendo que eu não tinha direito à felicidade.

— Vamos ligar para seu amante? — ele pergunta, empolgado, com um celular em sua mão.

Meu corpo começa a tremer.

Os anos que vivi ao lado dele e a certeza de que ele é capaz de qualquer coisa, absolutamente qualquer coisa, despertando o verdadeiro medo adormecido em meu subconsciente.

— O-o que você quer com ele?

Não posso impedir de perguntar.

Suas mãos param o que estão fazendo quando ele solta uma risada e, em seguida dá um passo à frente. Puxa meu cabelo.

— Você ainda tem coragem de se preocupar com esse merda, bem na minha cara? — ele rosna, golpeando meu rosto com força, fazendo-me sentir o gosto de sangue. — Se quer mesmo saber, esse advogadozinho vai me ajudar a fugir do país. Isso mesmo, nós vamos fugir, querida. Você não vai escapar de mim.

— Por que simplesmente não me deixa em paz?

Soltando-me, ele volta a ficar de pé na minha frente e me olha, como se eu fosse apenas um pedaço de lixo.

— Nunca tive intenção de ter uma esposa. Você, para mim, não passava de algo que eu possuía. Nos primeiros anos de casamento, sentia-me satisfeito por poder te afastar, te enviando para estudar fora do país, assim não precisava nem olhar para a sua cara. Mas, creio que logo após a morte da sua mãe, aquele desejo que você tinha de ser independente começou a verdadeiramente me irritar. — Seus olhos adquirem um tom ainda mais gélido — Eu a comprei para fazer exatamente o que eu ordenasse. Deveria estar grata, droga! *Grata!*

O brilho de insanidade contido em seu olhar era tão intenso que eu quase vomitei de novo.

Ele se abaixo em um arco, ficando com o rosto bem na minha frente.

— Mas o que eu esperava, não é mesmo? Quando pulou daquele carro, nem fiz questão de te procurar, se estivesse morta, seria ótimo, mas quando descobri que não estava, eu sabia que a faria pagar. É isso que você merece, Angelina. *Pagar por me destruir.*

Eu fecho os olhos diante da crueldade de suas palavras, que não expressam nada além do que eu já sabia. O desprezo dele por mim é algo que eu nunca conseguiria entender, mas acredito que algumas pessoas têm isso enraizado dentro de si. Dawson é simplesmente um narcisista desequilibrado que não tolera ser desafiado ou contrariado.

— Você é completamente louco.

— Ainda não viu nada, querida. — Sorri, mexe no telefone celular e o entrega a um homem que está parado do outro lado do cômodo.

É um lugar escuro, empoeirado, sujo.

A sensação de impotência é avassaladora.

Dawson mantém a expressão cruel de que me lembro, talvez, até mesmo pior, torcendo cada fio da minha existência para seu prazer sádico.

O pânico me atravessa, mas me obrigo a manter a calma. É a única maneira de me manter viva.

Anthony atende do outro lado da linha e fecho os olhos, desesperada em como tudo isso pode acabar. Ele surta ante as provocações de Dawson.

Eu vejo, do outro lado da tela, seu rosto vermelho, encarando-me com um desespero tão grande que meu peito se aperta.

— Estamos entendidos, Sr. Cahill?

Seus olhos escuros brilham mesmo tão distantes e pequenos através do celular. A mandíbula tensa, os lábios cerrados em uma linha fina.

— Sim.

— Você tem quatro horas para preparar tudo.

Sem esperar uma resposta, Dawson encerra a ligação e me olha com um sorriso.

É quando começo a rezar para que Anthony não venha.

Eu conheço o olhar no rosto de Dawson. Ele está blefando.

Ele não vai deixá-lo sair daqui com vida. Muito menos a mim.

Ele não pode vir.

Por favor, Deus! Por favor!

Eu imploro baixinho por todo tempo que fico sozinha.

Não venha.

CAPÍTULO 32

Anthony

ACABOU

Duas horas mais tarde estamos alojados no meio de uma floresta a poucos metros de distância de uma casa abandonada. De fato, faz parte da lista de endereços que o contato de Dallas tinha encontrado.

O mais perturbador disso tudo? É que o maldito tinha se escondido bem debaixo de nossos narizes.

A pouco mais de uma hora de distância de Falls Prince.

— Ou você relaxa, ou farei um dos meus homens sentar em cima de você para que possamos entrar no local sem riscos de alguma idiotice.

Sorrio friamente para Zade, já que não há um pingo de humor em meu sangue.

— Você vai precisar de mais de um homem se quiser realmente me impedir.

E é uma absoluta verdade. Eu estou fervendo tanto em uma raiva cega e intensa que mal consigo parar em meus próprios pés.

— Por que estamos demorando tanto? — grunho, pela terceira vez em questão de minutos.

— Porque estamos tentando salvar sua mulher, não nos matar — Hunter, o sócio silencioso de Zade responde, o homem mal falava, ainda assim, quando falava, se fazia ser notado.

Ele pega uma arma, preparando-a com uma destreza familiar e a acomoda no coldre às suas costas.

— Estamos prontos — outro homem da equipe, com a pele negra, cabeça raspada e olhos de quem conhece cinquenta e nove jeitos de matar alguém sem uso de uma arma, fala.

Zade concorda silenciosamente e olha para mim, seus olhos escuros me investigando.

— Seu eu te pedir para...

— Nem tente. Vou com vocês.

Meu amigo exala um suspiro.

— Você acabou de sair de um acidente de carro algumas horas atrás, provavelmente fraturou uma costela. O que está tentando fazer? Morrer?

Eu ignoro seu questionamento. *Foda-se!*

— Ele pediu por mim. Então, eu sou o único que vai entrar lá e arriscar a vida por ela.

O rosto de Zade se transforma.

— Você não vai.

— Vou.

— No segundo em que você entrar, ele vai atirar.

— Eu sei. Vocês precisam do elemento surpresa, certo? Eu sou o elemento surpresa.

Zade fica muito diferente quando está em combate ou quando fica realmente com raiva.

Realmente. Com. Raiva.

Ficando mais vermelho a cada minuto. Parece que estava prestes a explodir.

Eu não me importo.

Dawson exigiu que eu usasse minhas conexões para tirá-lo do país, o combinado, era que nos encontrássemos dentro de duas horas em uma cidade próxima. O jato partiria em meu nome, com ele.

O filho da puta realmente pensa que eu o ajudaria a fugir? É óbvio que mesmo com seus recursos e conexões, o homem está desesperado.

Ele está usando Angelina como seu último recurso.

Mas eu não confio em um grama de sua palavra. Ele queria machucá-la, e faria isso na minha frente. Ou provavelmente me mataria na frente dela, qualquer coisa que aumentasse o sofrimento. O homem parece se alimentar disso.

— Vou entrar e distraí-lo até vocês chegarem, apenas isso. Entrar em modo de ataque, com Angel lá dentro, está fora de cogitação. Protegeremos a ela primeiro, depois, podem explodir esse lugar com todos dentro, eu não me importo.

Cruzo os braços, inflexível, e Zade suspira.

— Alguém já disse que você é teimoso como uma mula?

Uma centena de vezes, metade delas, ele mesmo.

— É a minha mulher lá. Você é o cara treinado e toda essa merda, mas nada vai me impedir de entrar. *Nada...* — Dou ênfase à palavra.

— Hunter — ele grunhe o nome entredentes —, coloque a porra de um colete à prova de balas nesse imbecil. Antes que ele consiga se matar.

Sorrio com arrogância, recebendo um rosnado baixo que vem direto de sua garganta como resposta.

— Você... — Z me agarra pela nuca, obrigando-me a olhar em seus olhos, sua expressão carrancuda. — Faça tudo exatamente como combinamos ou juro por Deus que se você se ferir ou cometer a besteira de morrer, vou te buscar no inferno.

— Entendido.

Ele faz alguns gestos sinalizando para sua equipe seguir em frente, algo que é atendido de prontidão.

— Vamos entrar.

Os homens começam a se mover, empunhando suas armas.

Metade para os fundos da casa, outra pela frente.

Dois membros restantes da equipe da King Cross entram ao meu lado, assumindo o papel de isca. Estrategicamente, eles removem alguns obstáculos à medida que avançamos, abrindo caminho até o aposento onde Dawson mantém Angel, como vimos na vigilância. Conforme nos aproximamos do final do corredor, quase alcançando nosso destino, os seguranças de Dawson se agrupam ao nosso redor como formigas, determinados a nos bloquear.

Mesmo me permitindo ser agarrado, não consigo conter minha raiva e desfiro alguns socos impulsivos.

Prometi a Z que não causaria raiva em ninguém para não acabar morto, mas... É mais forte do que eu.

Sinto aflição enquanto os homens me arrastam para dentro da sala, um espaço amplo e empoeirado. No centro do ambiente, avisto uma cadeira de madeira frágil na qual Angel está amarrada. Sinto uma urgência irresistível para correr até ela, meu olhar refletindo o mesmo desespero que reconheço nos seus.

No entanto, ela balança a cabeça em negação, como se estivesse me transmitindo que eu não devia ter vindo. Pedindo-me para fugir com seus olhos azuis vítreos e assustados.

Essa mulher louca pensa mesmo que vou a algum lugar sem ela?

Ela não compreende a força do que sinto por ela, o fogo ardente que me impulsiona a enfrentar qualquer obstáculo. *Por ela, só por ela.*

Não posso mudar seu passado, muito menos consertar erros já cometidos, mas posso — e vou — mudar o futuro.

Eu luto contra o aperto de um dos homens, desejando ir até ela, mas toda a atmosfera de luta ao redor de todos os homens nos encurralando, muda em questão de segundos.

Minhas mãos se fecham em punho.

Eu tento engolir, mas não consigo pego em uma fúria impotente quando passos diferentes entram no cômodo e o homem surge.

Seu cabelo loiro bem penteado, terno caro, olhar gelado.

O filho da puta!

O ódio agudo e ácido me atinge com força em muitos lugares.

— Sr. Cahill, eu esperava que você não fosse burro de tentar uma besteira como essa.

— Está me chamando de burro? Você que mal teve a capacidade de fugir por conta própria — provoco, não contendo o sorriso sarcástico. — Eu vou te matar, Dawson. E será hoje.

Ele estala os dedos e recebe uma arma em suas mãos. Apontando-a em minha direção.

— Você é muito arrogante para alguém que está encurralado. Eu sou o único com uma arma em sua mira.

Ai que ele está engando.

— Atire, eu quero ver se você tem coragem. — Exibo meus dentes, dando um passo a frente.

— Não! Anthony, não! Por favor, não faça isso! — Angel se debate na cadeira, puxando as cordas, desesperada.

Não olho em sua direção. Estou focado apenas em distraí-lo.

— Ah, você realmente gosta dele, não é mesmo, Angel? — o homem analisa friamente, desviando seu olhar para encontrá-la, o que me arranca um rosnado. — Então não tenho outra escolha, já que não me serve de nada e que esse idiota não seguiu os planos...

Ele levanta a arma, apontando-a em direção ao meu peito e atira.

Eu sinto o impacto, caindo para trás, minha respiração sendo tomada de uma única vez.

— NÃO! Não! Não! O que você fez?!

Escuto os gritos de Angel de longe, e logo depois um estrondo.

Os homens de Zade começam a entrar, encurralando a todos e meu coração respira de alívio quando vejo Zade se mover para chegar perto dela.

— Me solte! Me solte, por favor! Precisamos salvá-lo, por favor! Você precisa salvá-lo!

Angel está histérica em algum lugar, gritando para que todos possam ouvir.

Porra! Essa coisa de levar um tiro dói, mesmo sobre o colete.

Eu me movo, obrigando meu corpo a funcionar e me sento, gemendo. Pela minha visão periférica consigo ver Dawson tentando fugir.

Aproveitando a cacofonia no lugar para se esgueirar sem que ninguém note.

Ah, não. De jeito nenhum.

Tenho apenas uma fração de segundo para reagir, então a uso. Pulando do chão onde ele achou que tinha me derrubado, salto para o lado, levanto-me e dou lhe um soco no rosto. Derrubando-o no chão feito bosta.

Meu peito está doendo, queimando para caralho, mas tenho forças.

Força o suficiente para cair em cima dele feito um animal.

Minhas mãos fechadas e os punhos o golpeando sem dó.

Ele geme, com sangue banhando sua cara e isso só me motiva mais. Enquanto o caos se instaura ao meu redor e os homens de Zade mobilizam todos os ratos, eu o sinto a necessidade de matá-lo.

Seu nariz já sangrando, os braços estendidos.

Olhos vítreos e amedrontados.

Eu disse que acabaria com esse filho da puta. E não estava brincando.

Sou um homem de palavra.

— Isso é por ela! — Acerto mais um soco, fazendo-o cuspir sangue.

No entanto, antes que possa continuar, um braço forte me puxa para longe daquele corpo.

— O que eu disse? — Enfiando o rosto a uma curta distância do meu, Zade se eleva sobre mim como um touro. — Sei que está com raiva, mas desse jeito vai acabar na cadeia. Eu vou lidar com esse lixo.

Meu peito se expande, subindo e descendo com respirações pesadas.

— Ele merece morrer — falo simplesmente, sentindo-me perto da insanidade.

— Não se preocupe com isso agora. — Ele aponta para o outro lado do cômodo. — Ela precisa de você.

Desvio meu olhar naquela direção e vejo Angel sentada no chão, esfregando os pulsos; um olhar perdido e só então, tudo dentro de mim se acalma.

A raiva é arrancada de uma única vez, para dar lugar a algo muito mais poderoso.

Vou caminhando em sua direção, chateado com cada hematoma que se forma em seu corpo. A camisola fina cobrindo seu corpo frágil.

Ajoelho-me na sua frente, com um dedo sob seu queixo, faço seus olhos encontrarem os meus.

Seus ossos estão rígidos, as lágrimas ainda escorrendo por aqueles lindos olhos.

— Eu... Eu achei que você... tivesse morrido...

Vejo a forma como seu corpo começa a tremer, como parece assombrada, e a envolvo, felizmente não recebendo nenhum protesto.

No instante em que a seguro, ela relaxa.

— Eu estou aqui, raio de sol. Estou bem.

Sua visão nublada pelas lágrimas dispara para encontrar meus olhos.

— Você... Ele atirou, atirou em você. Eu vi.

— Shhhh... — Eu a acalmo, passando as mãos por suas costas. — Eu sei, mas estou bem. Juro que estou.

— Oh, graças a Deus! Graças a Deus! Eu fiquei com tanto medo. Tanto medo de que ele o machucasse.

Beijo sua testa com carinho, segurando-a enquanto a equipe da King Cross trabalha. Um tempo depois, finalmente, Zade aparece para dizer que podemos ir embora.

Ele pergunta se quero ajuda quando nota que Angel adormeceu em meus braços, exausta, porém, sacudo a cabeça com uma negativa.

Eu não deixaria que ninguém a levasse, mesmo que me matasse.

Levanto-me, pego-a no colo e carrego para fora desse pesadelo.

Sentindo como se todo meu mundo estivesse novamente em meus braços.

CAPÍTULO 33

Angelina

FAÇA-ME ESQUECER TUDO

Quando chegamos à cabana, Anthony me leva direto para o chuveiro.

Precisamos ir ao hospital para tratar alguns ferimentos, dele principalmente. Felizmente, suas costelas não haviam quebrado, nem trincado, estão apenas levemente doloridas, segundo suas palavras e a avaliação médica.

Ele exibe sinais de exaustão, com olhos afundados e músculos fatigados, porém ainda está relutante quanto à ideia de me permitir andar por conta própria.

Não questiono, em parte porque também sinto uma necessidade latente daquilo: *do contato físico*, de estar envolvida em seus braços.

Agora, tudo o que eu mais desejo é um banho quente, a oportunidade de me deitar e esquecer tudo o que havia ocorrido.

No hospital, onde Maddison nos encontrou com um olhar assustado, ela perguntou se eu gostaria de ir para sua casa. Meus olhos encontraram os de Anthony, que mesmo com seu olhar perdido e melancólico, não se opôs.

No entanto, por hoje. Por agora. Eu não quero ninguém mais além dele. Anthony não parece disposto a me soltar. Tirou-me das mãos de Dawson em seu colo, e faz o mesmo quando para o carro em frente à cabana.

Pega-me no colo e leva até o andar de cima onde entramos juntos no chuveiro.

Com meticulosidade, ele despe cada peça de minha roupa suja, manchada com vestígios da sujeira e do meu próprio sangue, como se estivesse determinado a eliminar qualquer sinal dessa noite. Cuidadosamente, os pedaços de tecido foram jogados no lixo, como se ele quisesse se livrar de todas as memórias o mais depressa possível.

Eu não podia concordar mais.

Enquanto a água se derrama sobre nós e a sujeira escorre pelo ralo, Anthony me segura. Suas mãos repetidamente traçam e lavam cada centímetro do meu corpo, mas não há nada sexual em suas atitudes.

Ele está lutando, tentando assimilar para ter certeza que estou bem e se uma ducha tranquila, é o que ele precisa, darei a ele.

Quando finalmente estou limpa, ele baixa a testa na minha e respira:

— Jesus, Angel.

— Eu me lembro. — Fechando os olhos, não preciso mais forçar minha mente para trabalhar. Porque tudo está lá. Cada mínimo detalhe. — Eu me lembro de tudo.

Com a água ainda nos encharcando, Anthony dá um aceno leve.

— Eu sei. — e então, fecha os olhos e beija minha testa. — Só me deixe te segurar mais um pouco. Só mais um minuto.

Com a voz embargada, eu tento dizer.

— Anthony...

Mas ele me interrompe, enrolando a mão em volta da minha nuca, nivela seu olhar no meu.

— Você quer que eu diga que me arrependo, raio de sol? Pois se sim, sinto decepcioná-la. Pode me xingar, grite comigo, até me odeie se quiser. Se roubá-la daquele desgraçado foi o meu maior pecado, se mentir e tentar fazê-la feliz foi a pior coisa que fiz a você, eu aceito de bom grado. Não mudaria nada.

— Você quase morreu... Ele atirou em você! Se não tivesse de colete, talvez... Talvez estivesse morto!

— Valeria a pena. — Seus ombros encolhem. — Eu entraria na frente de qualquer bala pôr você, Angelina. Sei que você não acredita em mim e pensa que a traí. Há tanto que você não sabe sobre o passado. E por mais que eu tente, não posso apagar o que está nele. Realmente não posso. Mas vou consertar seu futuro se você deixar... Juro que se me der a chance de fazê-la feliz, vou viver a vida para que nunca mais derrame uma lágrima de tristeza sequer.

— Eu estou com medo.

É uma verdade. A única verdade que eu conheço neste momento.

Estou morrendo de medo.

Lembrar de tudo trouxe a dor do passado, sua traição, tudo de volta, ainda assim, toda essa dor se misturou a uma nova, e outra e mais outra até que eu não entenda mais qual é minha verdadeira dor.

— Eu também, querida! — Ele me aperta com força. — Eu também, estou apavorado.

Ele pega minha mão e a coloca sobre seu coração, seus batimentos martelando contra minha palma.

Minha respiração estremece.

— Sente isso? — pergunta.

Emito um aceno contido.

— É por você. Só por você! Eu estou morrendo de medo. Mas nosso amor é real, meu amor por você é real e posso enfrentar tudo para que esses últimos dias que vivemos, essa felicidade que construímos nunca se acabe.

Oh, Deus!

Não consigo pensar.

Não consigo pensar em mais nada.

É tão tentador... Tão...

Eu coloco meus braços cansados em seu pescoço e ele se inclina para chegar mais perto, nossos narizes roçando um ao outro.

— Posso te pedir uma coisa?

— O que você quiser, linda.

— Leve-me para cama.

E me faça esquecer tudo.

Estamos deitados em nossa cama. Suas mãos acariciando minhas costas nuas. Apenas o último resquício do sol entrando no quarto através da porta da varanda.

Escutei tudo que ele tinha para me dizer. Tudo sobre o passado. Tudo sobre nosso reencontro. Tudo que ele fez para me proteger.

Dizer que isso resolveu o caos na minha cabeça e que com certeza ficaríamos bem seria uma mentira.

Não sei o que o futuro nos reserva, muito menos tenho ideia se as coisas entre nós podem de fato se ajustar. É tudo muito incerto.

Muitos segredos revelados de uma única vez e muita dor em nosso passado. Mas isso é o suficiente para mim. Confio nele no momento.

Vejo a verdade em seus olhos e não posso apagar tudo que me lembro do garoto pelo qual me apaixonei. Ele não me enganaria depois de tudo, não teria enfrentado o mundo, pausado sua vida e quase morrido por mim se realmente não me amasse.

Sei que ainda temos muito a enfrentar, mas, faremos isso, juntos.

Mesmo com dúvidas e incertezas em nosso caminho.

— Por que esse homem... Gabriel Castiello, tem tanta raiva de vocês?

Anthony solta um suspiro audível.

— Você se lembra do incêndio que aconteceu na fazenda, quando éramos adolescentes?

Claro, foi uma tragédia que assombrou a cidade inteira, por anos.

— Sim.

— Você se lembra das vítimas?

Busco em minha memória, fazendo as lembranças voltarem.

— Sim. Dois adolescentes. Um pouco mais velhos que eu, idade próxima a sua... Eu não os conhecia muito bem. A garota era nova na escola, veio de outra cidade e o menino... Dante? Era esse o nome dele?

— Sim. Dante. Ele era irmão de Gabriel.

Oh, senhor! Por que acho que isso não é bom?

— E isso significa que...

— Ele acredita que nós o matamos. Acredita que matamos Gabriel e acobertamos sua morte naquele incêndio.

— O quê? Como... Por que...? Como isso é possível? — Levanto o rosto para apoiar meu queixo em seu peito, olhando em seus olhos, minha voz completamente confusa.

— Zade, Dallas e eu, estávamos na fazenda na noite do incêndio. — Seu olhar fica distante, como se houvesse mais por traz da informação, que ele não revela. — Nós fugimos antes da polícia e dos bombeiros chegarem. Mas não vimos nenhum dos dois naquela noite, Angel. Eu juro. Teríamos ajudado se pudéssemos. Gabriel não acredita nisso.

— Jesus, Anthony... Isso é loucura!

— Sim.

— Onde esse homem está agora?

— Na cadeia. E espero que nunca mais saia de lá.

Fico em silêncio, sem saber o que dizer diante da raiva em sua voz. Sinto que essa história é muito mais complicada do que ele está me dizendo, mas não comento, pois, não envolve apenas ele.

A amizade de Anthony com Dallas e Zade sempre foi algo além. Não era algo comum, de amigos que cresceram juntos, havia uma lealdade potente em torno deles que os tornava forte juntos.

E mesmo hoje, depois de tanto tempo, permanecia da mesma maneira.

— Sinto muito por perturbá-la com tudo isso. Você precisava saber.

— Eu sei.

Seus olhos me encaram com intensidade e me inclino, inalando seu cheiro e tocando seus lábios.

— Eu te amo, raio de sol! — murmura; sua voz rouca.

O nó, que estava alojado em minha garganta a cada vez que tentava dizer as palavras pareceu diminuir um pouco, então sorrio e respondo:

— Eu te amo, Anthony! Com todo meu coração.

CAPÍTULO 34

Anthony

Um mês depois...

VOCÊ ACEITA?

— Tem certeza de que está tudo certo? — questiono, assegurando-me.

— Se você perguntar de novo, vou chutar suas bolas. — Minha irmã bate o pé, perdendo a paciência. — Eu já falei um milhão de vezes, *está* tudo certo. A cesta de piquenique recheada com todas as guloseimas que sua adorável amada gosta. O lugar lindo. Basta ficar parado aí e esperar.

Esperar. Ela fala como se fosse a coisa mais fácil do mundo!

— Por que estão demorando tanto? — resmungo, andando de um lado para o outro.

— Porque você pediu para a última pessoa que deveria distrai-la. Provavelmente, Dallas já a inundou com um monte de besteiras sobre sua vida amorosa desastrosa. Angel vai chegar aqui com os ouvidos sangrando, coitadinha.

A vida amorosa de Dallas está longe de ser um desastre, mas decido não comentar nada sobre isso. Minha irmã é uma fofoqueira incorrigível, sempre em busca de novidades sobre a vida amorosa dos outros, e ela não perderia a chance de explorar isso.

Ainda assim, Dallas certamente poderia fazer sangrar os ouvidos da minha mulher com outros assuntos idiotas. Então, comecei a me preocupar.

Eu quero que tudo fosse perfeito. Exatamente do jeito que ela merece.

Afinal, este já *é* o momento mais perfeito da minha vida inteira. O dia em que finalmente vou pedir a mulher que amo para passar o resto de seus dias comigo. Espero que ela compartilhe dessa sensação.

Engolindo o nó na garganta, afrouxo um pouco a gravata. Sim, eu estou usando terno hoje. Não é um dia qualquer afinal de contas. Usei terno por anos da minha vida, no trabalho, mas hoje, estou usando porque ela gosta.

Estou me adaptando a uma nova rotina de trabalho para conseguir manter tudo de forma remota. Não sei ainda como serão as coisas, como será a nossa vida. Gosto do meu trabalho, mas posso ser advogado em qualquer lugar do mundo, enquanto Angel, *só será feliz aqui.*

Eu olho a minha volta, para o campo de girassóis, seu lugar favorito e admiro o trabalho que Maddie desempenhou tão bem.

Há um bangalô com um tecido branco fluido caindo pela estrutura de madeira, uma toalha colorida no chão, a cesta de piquenique e a beleza da natureza ao nosso redor.

Por que tudo isso? Eu não faço ideia, meu plano inicial era apenas trazer Angel até aqui, ajoelhar-me e fazer a pergunta. O que minha irmã achou que seria uma ofensa então, decidiu me ajudar e cuidar de tudo.

Eu vejo o carro esportivo de Dallas passando a entrada e minha irmã saltita ao meu lado, animada.

— Ela chegou! — Maddie estala um beijo em minha bochecha. — Boa sorte!

Assim que deseja, vai embora.

Angel desce do carro, um vestido solto caindo por seu corpo, botas e o cabelo solto chicoteando através do vento. Assim, o visual ao meu redor se dissipa como névoa em um dia quente e ensolarado.

Ela é a *coisa mais linda que já vi.*

Meu coração deu um salto em resposta enquanto a assisto caminhar até mim, os olhos surpresos, cheios de expectativa com tudo ao nosso redor.

Ela parece alegre e tranquila, isso me dá certa paz também, como se até nosso humor fluísse em sintonia.

Meu pau acordou para vida, pronto para ser usado. Uma reação automática.

Mais tarde amigo, tenha calma.

— O que é tudo isso?

— Nada — respondo com o olhar divertido, segurando sua mão e envolvendo sua cintura.

— Nada? — Ela me olha com a sobrancelha arqueada, mas sorri mesmo assim. — Um *nada* muito bonito.

Chego mais perto, beijando seus lábios que tem gosto de morango e dou um passo para trás, para ficar de joelhos.

Quando me abaixo, Angel perde o fôlego, seus olhos arregalados.

— O que você está fazendo?

— Eu estaria mentindo se dissesse que a espera por esse dia não foi dolorosa, raio de sol. Planejo esse momento desde os vinte e três anos. Hoje tenho trinta e um e sinto que estou atrasado, gostaria de ter chegado antes. Gostaria que nunca tivéssemos nos separado, mas a vida não é escrita da maneira que desejamos.

Tomo uma respiração, alcançando o anel em meu bolso, já vendo os seus olhos azuis oceano marejados. Meu coração parece martelar contra minhas costelas.

— Não quero perder mais um segundo. Já temos anos em nossa história que nos manteve separados. De agora, até o fim da minha vida, quero que você ao meu lado, como minha esposa. *Você aceita se casar comigo?*

Angelina

Aos prantos diante de suas palavras, só tenho forças para acenar. As palavras engolidas por minhas lágrimas momentaneamente.

— S-sim — sussurro, vendo o anel deslizar no meu dedo.

Meu coração da um pulo louco no meu peito com aquela cena, Anthony ajoelhado na minha frente. Uma felicidade tão genuína em seu olhar que eu nunca poderia duvidar de seu sentimento por mim. *Nunca.*

Escolhemos viver um dia de cada vez depois daquela noite, e todos os dias desde então, ele me fez feliz. Não tenho dúvidas de sua promessa de me fazer assim até nossa última respiração.

De pé, o vi lamber os lábios e se inclinar para me beijar. O domínio áspero de seus dedos me segurando e a urgência de seus lábios enviando-me em espiral direta para a necessidade por ele.

— Estamos ao ar livre, você sabe disso, certo? — murmuro, quando suas mãos se agarram a minha bunda.

— Você acaba de dizer *sim* para se tornar minha esposa. Não estou nem aí para quem vai nos assistir.

Rio baixinho, não levando a sério o que ele diz, porém, quando noto o fogo presente em seu olhar sério, meu corpo entra em combustão.

Já se tornou automático. Um toque dele e meus neurônios se desintegram. Não é atoa que acabamos nessa situação.

Hoje à tarde, fui ao médico e minha suspeita está certa. Estou grávida.

Algo que ainda preciso contar a ele. *Talvez mais tarde.*

— É um problema para você, raio de sol?

Sua cabeça mergulha em mim, a boca encontrando a curva da minha orelha para roer a carne.

Oh, Deus, isso é bom!

— Expulsei todos os funcionários do campo. Hoje esse lugar inteiro é só nosso.

— Anthony...

— Você quer ser fodida bem aqui?

Um segundo passado gotejou e depois outro. Engolindo em seco, meu peito arfava com coragem. Com a boca raspando contra a minha pele, ele faz o movimento para se ajoelhar novamente e eu o paro.

Sem pensar, apenas com o calor de seu olhar abarrotado de desejo me guiando, ajoelho-me a sua frente e abro suas calças.

— Linda, você não...

— Shhhh, eu quero provar você. Quero saber quão duro você está por mim agora, futuro esposo.

Uma risada estrangulada passa por entre seus lábios, logo em seguida, um rosnado animalesco quando abaixo ligeiramente a cueca para encontrar a ereção.

Seus olhos selvagens, observando meus movimentos.

A tatuagem, com o número *vinte e seis,* discreta, marcada na linha de sua pélvis.

É tão quente. Eu a circulo com a ponta dos dedos, sorrindo. Depois me inclino e lambo o desenho, escorregando para baixo até alcançar a extensão de seu pau enorme.

Jesus, eu amo a forma como ele se fecha entre meus dedos, tão poderoso.

Acariciando suas bolas com uma das mãos e segurando firme sua base com outra, lambo a cabecinha, experimentando as gotas de pré-sêmen que se acumulavam lá.

— Angel... — ele geme, afundando as mãos grandes em meus cabelos.

Elevo meu olhar, colocando a ponta de seu pau em minha boca, chupando com clamor.

Minha língua circula em volta de sua glande, sua cabeça cai para trás e um gemido gostoso escapa novamente quando faço movimentos de vai e vem.

Com uma palma firme em minha nuca, ele me ajuda, movendo sua cintura, minha língua trabalhando para trazê-lo ao prazer, coisa que levou apenas alguns segundos.

— Droga, raio de sol. Sua boca é tão mágica quanto sua boceta. Eu vou gozar em cinco segundos se continuar assim.

Essa é justamente a minha intenção. Eu amo o barulho que ele faz quando goza. Um homem desse tamanho, tão vulnerável e sensual.

Meu futuro marido. Pai do meu filho.

Continuo chupando, mantendo o contato visual até que sinto seus músculos ficarem tensos, as veias inchadas em minha boca, como se todo o sangue de seu corpo corresse naquela região.

— Estou perto, linda. Vou gozar.

E assim ele o faz, separo-me quando ele se segura e bombeia até explodir em minha boca. Seu gosto me enchendo e me deixando ainda mais molhada.

Com gotículas de suor acumuladas em sua testa, ele gesticula e me puxa para baixo.

— *Minha vez.*

— Porra! Como isso pode ficar melhor a cada dia? — Por trás, nossos corpos colados um ao outro ao livre, sob a tenda construída no meio do campo de girassóis, ele me fode.

Uma de suas mãos segura minha coxa, apoiando-a sobre seu joelho. A outra me abraçava pelas costas acariciando e apertando a ponta de um dos meus seios, seu pau enterrado fundo em minha boceta.

Deitado de lado, com o rosto colado ao meu, ele se move dentro de mim em um ritmo lento, como se desejasse prolongar esse momento ao máximo.

— Eu te amo — sussurro, sentindo-me completamente cheia. Preenchida por completo. — Mas, por favor, você vai me matar se continuar nesse ritmo.

— Oh! Qual é o problema, linda?

— Quero gozar — imploro, desesperada; seus movimentos lentos me enlouquecendo.

— Temos a vida toda, por que a pressa?

Seus olhos escuros brilham com prazer. Meus dentes rangem, soltando um rosnado.

— Anthony.

Com uma risada rouca, beija meus lábios e volta a se mover em um ritmo normal, finalmente. Suas estocadas batendo contra minha bunda. Se pau pulsando, as paredes de minha boceta tensas a sua volta.

Seu impulso que até dois segundos atrás era lento, aumenta a ponto de roubar o ar dos meus pulmões. Meu coração começa a tremer, o calor escalar dos meus pés em direção a cabeça, o sangue borbulha.

Sua mão desliza da minha coxa e encontra nossa união entre minhas pernas, os dedos me provocando, tentando, sua boca mordendo meus lábios, meu pescoço.

Uma combinação que me leva a completa loucura e me faz gritar.

Alto.

Tão satisfeita, que caio contra seu peito, sentindo a adrenalina fluir por meus músculos com espasmos.

Fico assim por dois minutos, aninhada contra ele, minha respiração voltando aos poucos e então, a melancolia me mate.

Eu estou grávida.

Vou ser mãe.

Uma mãe!

Eu me afasto, sento e começo a procurar minhas roupas. Lágrimas caindo por meu rosto.

São os hormônios? Só pode ser. *Espero* que seja.

— Angelina? O que está errado?

Com um dedo firme em meu queixo, ele me obriga a encará-lo. Meus olhos nublados. A sensação de que vou estragar tudo.

Absolutamente tudo.

— Amor, fale comigo. Você está me assustando. O que aconteceu?

— E-eu... — Começo a dizer, já gaguejando. — Estou grávida.

— O quê?! — Sua voz fica fria e eu desvio meus olhos, não podendo e nem querendo saber a sua reação.

E se ele não ficar feliz? E se essa não for a hora certa?

— Linda, olhe para mim...

Eu não quero. Por um momento, tudo que eu desejo é poder ser infantil. Como uma adolescente fazendo birra.

Mas quando os dedos dele acariciam minha bochecha com tanta suavidade e paciência, eu não consigo me impedir de virar em sua direção de novo.

— O que foi? Você não está feliz?

Mesmo com preocupação, eu posso notar como sua voz parece apreensiva.

— Estou com medo, Anthony. Tanto medo.

— Você é a mulher mais incrível... Inferno! O ser humano mais incrível que eu já conheci. Por que está com medo? — questiona. — Nós vamos nos casar. Você será minha esposa e... Caramba! O que mais sonho na vida é ter uma família com você. O que a assusta?

Como eu poderia explicar? Como poderia dizer que morro de medo de falhar?

Eu dei a ele o mais ínfimo dos ombros.

— O mundo é tão perigoso, Anthony — confesso, ligeiramente angustiada. — Tão assustador para criar uma criança. E se não conseguirmos? E seu eu não...

A terapeuta que comecei a frequentar depois do sequestro e da volta das lembranças dos meus seis anos de casamento disse que as humilhações que Dawson adorava fazer sempre me diminuindo, deixaram inseguranças enraizadas em meu subconsciente.

Onde, sempre, havia uma voz que dizia que eu não seria capaz.

Ela estava absolutamente certa.

Eu escutava isso o tempo todo.

Apavoro-me acreditando que a qualquer instante tudo poderia se perder e que a culpa seria minha. Que essa felicidade que estou sentindo não é merecida.

Mas eu estou me tratando e irei melhorar. Confiarei em mim mesma e me lembraria de que ninguém pode me diminuir.

Anthony seca minhas lágrimas com a ponta dos dedos, olhando no fundo dos meus olhos.

— Desde que estejamos juntos, podemos enfrentar qualquer coisa, raio de sol. Qualquer coisa, entendeu? — Uma de suas mãos desce para tocar minha barriga. — Inclusive criar, amar e proteger esse bebê. Faremos isso, linda. Eu prometo.

— Eu te amo tanto, sabia? — declaro, sentindo alívio com suas palavras.

Nesse momento, enquanto ainda não encontro a minha própria força, preciso delas. Preciso que ele me lembre de que podemos fazer qualquer coisa.

— *Eu te amo mais!*

EPÍLOGO

Angelina

Quatro anos depois...

FELICIDADE

Entro em nosso quarto, sentindo meu coração ligeiramente descompassado. Anthony deve chegar a qualquer minuto e não quero que ele me pegue.

Eu sou péssima em fazer surpresas, não aceitei nenhuma, até hoje. Ele é o único que consegue planejar as coisas e me surpreender, enquanto eu, deixo pistar sem nem saber e acabo estragando tudo.

Não que seja um grande problema.

Sou *ótima* em um milhão de outras coisas em compensação.

Descobri isso com paciência. Redescobri minha própria personalidade e minha própria força ao longo dos anos, depois de muitas feridas na alma e com um passado conturbado.

Às vezes eu me esquecia daquele tempo sombrio, onde não havia nada de felicidade ou esperança.

Quando eu não tinha um filho fofo e amoroso como Blake, nem um marido dedicado e protetor como Anthony.

Outros dias, no entanto, eram um pouco mais nublados. O arco-íris no fim do horizonte desaparecia e nuvens negras me dominavam. Às vezes, eu acordava suando e gritando em meio a um pesadelo, mas havia seus braços para me segurar, seu calor para me confortar e nossa família.

E no dia seguinte, tudo ficava bem. Isso era o mais importante. Saber que mesmo com os dias nublados, a felicidade sempre se sobrepunha.

O passado não pode ser apagado, nunca poderá, mas o futuro será algo lindo. Agora ainda mais que nossa família está crescendo.

Blake entra no quarto no segundo em que o resultado aparece no teste em minhas mãos. Seu cabelo loiro como o meu e os olhos escuros como os de seu pai, os pezinhos gordos descalços mal fazendo barulho sobre o carpete.

Agora moramos em uma casa maior, no coração de Falls Prince. A cabana ainda é nossa e vez ou outra, quando meu marido tem tempo, vamos visitar.

Ele tem trabalhado muito nos últimos tempos, mas faz isso daqui, de nossa casa. Ele precisou mudar um pouco seu estilo de trabalho, mas parecia feliz e realizado da mesma forma.

Eu estou terminando o curso de veterinária e abrirei um centro para reabilitação de animais silvestres resgatados. Um grande sonho que idealizei nos últimos anos e se tornará real.

Ou seja, a vida não poderia ser melhor.

Com o exame de gravidez em minha mão, meu filho me pega chorando, de pura alegria e sem uma palavra, com o semblante sério, chega perto de mim. Suas mãos pequenas secam minhas lágrimas, exatamente como seu pai faz quando estou triste.

Às vezes eu acho que ele não possui nem mesmo um grama do meu DNA em seu sangue. Ele é uma cópia fiel de Anthony. *Hiperativo, impulsivo, protetor...*

— Não chore, mamãe — ele pede, sua vozinha suave e doce.

A mesma voz que ele usa quando quer carinho.

Eu sorrio, transmitindo tranquilidade a ele.

— São lágrimas de alegria, meu amor.

— Você recebeu uma notícia boa? — pergunta, curioso.

— *Uma notícia incrível!*

BÔNUS

Gabriel

As chamas enfurecidas lambendo minha pele, o calor abrasador penetrando meus poros, a fumaça densa e asfixiante, enrolando-se em torno de mim como uma mortalha opressiva, travando uma batalha angustiante contra os meus pulmões.

Não importava se meus olhos estavam abertos ou fechados; de dia, na plena luz da consciência, ou durante as noites nos cantos mais escuros dos meus pesadelos, era como se eu ainda estivesse lá, preso naquele galpão infernal, onde eles me deixaram para arder, onde a agonia do fogo me consumiu.

Lembro-me de ter lutado para escapar. De ter gritado e implorado para que me ajudasse.

Eu vi o que eles fizeram. Eu era o único que conhecia seus segredos.

Foi por isso que eles me deixaram lá para queimar.

Porque eu era o único que conhecia o verdadeiro monstro dentro deles.

O fogo nunca se apagou, continuava ardendo. Anos haviam passado, mas o fogo interior persistia, queimando-me de dentro para fora, devorando cada fragmento da minha existência. Não era o fogo físico que havia derretido minha pele, deixando-me uma massa de carne exposta, sim, a chama da raiva que me consumia como um incêndio incontrolável.

Naquela fatídica noite, minha alma parecia ter virado cinzas. Minha vida miserável se resumia a uma coisa agora: *vingança*.

Meu irmão, o pobre Dante, lutou para fazer justiça. Tentou fazer com que eles pagassem, mas seus esforços foram em vão.

Eles mal sabiam quem eu era, mas não hesitaram em me deixar para morrer. Cada detalhe daquela noite estava gravado em minha mente, e a vontade de fazê-los sofrer me consumia como uma sede insaciável.

Anthony Cahill, Zade King e Dallas Montgomery queimariam, assim como eu.

Pelo resto de suas vidas.

Eu estou olhando para eles agora.

Nas sombras. Consumindo-me da felicidade transparecendo naqueles rostos que me viram queimar.

Eu vou acabar com tudo para eles.

AGRADECIMENTOS

Caro leitor, se você chegou até aqui e sentiu o coração aquecer em algum momento, ou surtou e se emocionou com os personagens, não deixe de avaliar e indicar o livro. Sua opinião é muito importante.

Dito isso, quero deixar o meu agradecimento a todas as leitoras que sempre me acompanham, tornando minha vida nesse mundo literário mais especial e valiosa a cada dia. A minha família, minha assessora *Ariel* pela paciência de milhões, ao grupo de parceiras maravilhosas que fizeram esse livro acontecer e minhas betas incríveis (*Tati, Thai e Aline*).

Aos novos leitores que chegaram até aqui e estão me acompanhando pela primeira vez, obrigada pelo carinho e espero encontrá-los novamente.

Beijos,

Maeve